中华

ZHONGHUA HUN

魂

百部爱国故事丛书

我自横刀向天笑

——维新志士谭嗣同

刘世华　编著

吉林人民出版社

图书在版编目（CIP）数据

我自横刀向天笑：维新志士谭嗣同 / 刘世华编著 .
-- 长春：吉林人民出版社，2011.3（2021.8 重印）
（中华魂·百部爱国故事丛书）
ISBN 978-7-206-07488-2

Ⅰ . ①我… Ⅱ . ①刘… Ⅲ . ①故事—中国—当代
Ⅳ . ① I247.8

中国版本图书馆 CIP 数据核字 (2011) 第 031987 号

我自横刀向天笑
——维新志士谭嗣同

WO ZI HENGDAO XIANG TIAN XIAO
　　——WEIXIN ZHISHI TANSITONG

编　　著：刘世华
责任编辑：王　斌　　　　封面设计：孙浩瀚
制　　作：吉林人民出版社图文设计印务中心
吉林人民出版社出版 发行（长春市人民大街7548号　邮政编码：130022）
印　刷：北京一鑫印务有限责任公司
开　本：787mm×1092mm　　1/16
印　张：8　　　　　　字　数：64千字
标准书号：ISBN 978-7-206-07488-2
版　次：2011年3月第1版　　印　次：2021年8月第2次印刷
定　价：35.00元

总　序

　　《中华魂》是一套故事丛书。它汇集了我国自鸦片战争以来一百八十余年间的近百位民族英雄、仁人志士、革命领袖、先进模范人物的生动感人事迹，表现了他们作为中华儿女的伟大的爱国主义精神。

　　爱国主义是人们对于"生于斯、长于斯、衣食于斯"的祖国的一种神圣感情，是人们对于自己民族的一种强烈的责任感和使命感，是感召和激励整个中华民族的一面永不褪色的旗帜。在一百多年的中国近现代史上，爱国主义一直激励着中华儿女为祖国的独立、统一、进步和繁荣而英勇奋斗。从"苟利国家生死以，岂因祸福避趋之"的林则徐，到"我自横刀向天笑，去留肝胆两昆仑"的谭嗣同；从"铁肩担道义，妙手著文章"的李大钊，到"青春换得江山壮，碧血染将天地红"的赵一曼；从"县委书记的好榜样"的焦裕禄，到"问鼎长天，扬我国威"的邓稼先……都表现出了强烈的爱国主义精神。正是由于热爱祖国的人们前仆后继地奋斗，国家和民族才得以生存，才能够在一次次历史危急关头转危为安，走向兴盛和富强，从而屹立于世界民族之林。爱国主义是鼓舞中华儿女历经忧患、跨越沧桑、百折不挠、自强不息的伟大力量，它贯穿于中华民族的整个历史，并有力地凝聚着五洲四海的中国人。

爱国主义是一个历史的范畴，在社会发展的不同阶段、不同时期有不同的具体内容。革命时期，需要我们为祖国的独立自主出生入死；建设时期，需要我们为祖国的繁荣富强增砖添瓦。在全国各族人民团结一心，开启全面建设社会主义现代化国家新征程的今天，我们要争做一名新时期的爱国者。新时期的爱国者要有强烈的民族自尊心、自豪感。民族自尊心、自豪感是任何时期、任何爱国者都必须具备的情感。民族自尊心能增强我们自立向上的恒心，民族自豪感能树立我们建设祖国的信心。要树立"祖国高于一切"的崇高信念，为了祖国和人民的利益不惜抛却个人的利益，甚至不惜牺牲个人的生命。我们要树立终身学习的理念，拓宽自己的知识面，广泛吸收新知识、新技术，完善自身的知识结构，更新学习知识的方法与理念，从思想上、知识上充分武装自己，为祖国的繁荣昌盛贡献力量。

爱国主义思想的继承和发扬，是关系到民族盛衰、国家兴亡的根本问题。爱国主义思想情操的形成，需要不断地培养。培养爱国主义精神的一个重要途径是向英雄人物和典范事迹学习和致敬。这套丛书的出版,对于青少年向英雄和先进人物学习,特别是对于在中小学生中进行爱国主义教育是不可多得的生动的教材。祝愿此书出版发行成功,为培养时代新人做出贡献。

胡维革

各国变法，无不从流血而成，今日中国未闻有因变法而流血者，此国之所以不昌也，有之，请自嗣同始。

——谭嗣同

目　录

中华**魂** 百部爱国故事丛书
ZHONGHUA HUN

不幸的童年

1865年3月10日，在北京宣武门外北半截胡同户部员外郎的家里诞生了一个新婴儿，由于这个孩子与父亲同一属相，故取名嗣同。不用说，他就是我们这个故事的主人公，维新志士谭嗣同。

在那个年代，生在官宦人家应当是幸运的，然而我们的小主人公却非常不幸。

谭嗣同的老家在湖南浏阳，谭家可说是封建世家，但祖上多为武官，到他的父亲谭继洵手上，家境已经衰落，成为一个贫困家庭，在谭嗣同出生前六年，他的父

谭嗣同雕像

我自横刀向天笑
——维新志士谭嗣同

谭嗣同故居主卧

亲才考取进士而重振家声。母亲徐五缘，虽然也是官家小姐出身，但为人挚诚朴实，治家井井有条。谭继洵读书科考的那些年家里生活拮据，徐五缘承担了全家生活的重担，她每天天刚刚亮就起床，开始做家务和生产劳动，谭嗣同的大哥、二哥相继出生，她背上背着一个，胸前抱着一个，挑水做饭、扫地洗衣、饲养耕地。晚上孩子睡下后，就伴着读书的丈夫在灯前缝补衣服或纺纱织麻补贴家用，经常到深夜才休息。她以这种忍苦耐劳的精神支撑着这个残破困顿的家庭，她的辛苦努力，使谭家的家务井井有条，生活上也勉强得到了温饱。不管处境多么艰难，她从不耽误丈夫的学业。对孩子既严格管教又体贴疼爱，乡里人都说她有古贤女的风貌。

1859年谭继洵终于考中了进士并做了京官，谭氏家族上下欢庆，不过，就在这欢笑声里，悲叹与不幸也一步一步地走来了。

原来谭继洵作了京官以后，娶了一个比自己小二十四岁的女人卢氏做小老婆，后来他虽然也把家眷接到了北京，却过分宠爱小妾，造成了夫妻间的隔阂，所以当谭嗣同降生的时候，这个家庭已经不似从前那么美满恩爱了。

那一年，谭嗣同8岁了。母亲和大哥回湖南老家，把谭嗣同留在北京，小小的谭嗣同就落到了卢氏的手

谭 继 洵

谭继洵（1823—1901），清浏阳县人。字敬甫。1823年生。二十九年中举人。咸丰九年1859年成进士。曾先后任甘肃巩秦阶道、甘肃按察使、布政使等职。1889年任湖北巡抚。戊戌变法失败后，谭继洵被牵连革职回原籍，交地方官严加管束。1901年在忧惧中去世。

里。这个女人把平时对他母亲的怨恨都撒到了谭嗣同身上，她经常无故打骂和训斥谭嗣同，有时还挑拨他们父子之间的关系，让谭嗣同受父亲的责罚。

有一次，谭嗣同到父亲的书房里找书被她发现了。

"你这个死孩子，到这儿来干什么？"

"这是我父亲的书房，我愿意来就来。"

"好啊，连你个小孩子也敢和我顶嘴！"说说她就操起了地下的扫帚，向谭嗣同打来。谭嗣同向旁边一闪，躲了过去。但她这一下刚好打在父亲最喜爱的砚台上，砚台碎了，她一惊，又向谭嗣同打来，可谭嗣同已经跑掉了。

卢氏没打着谭嗣同，却毁了父亲心爱的物品，气得大叫大骂。晚上，父亲回来，她故意弄得满面泪痕。

"怎么了？"谭继洵对这个小女人一向宠爱，关切

地问道。

　　"我在这个家可没法活了，不仅老的压制我，连这么个小孩子也欺负我。他打破了你的砚台，我说他两句，他不但不听，还大声骂我。"她一边说，一边哭得跟泪人似的。

　　父亲心疼了，赶忙上来安慰："你放心，这个家有我就有你。那个小畜生，我会管教他的。"

　　卢氏见达到了目的，就开心地笑了。谭继洵哄好了她，转身就去找谭嗣同。谭嗣同正在后花园里斗小狗玩，见父亲来了忙迎上去。

　　"爹！"

　　"你还有脸叫我爹！你毁了我的砚台不算，还气得你二娘哭，看我不好好教训你。"说着举手就朝谭嗣同打来。

"爹，不是，不是我……"

谭继洵根本不听他辩解，边打边骂。见父亲这样，谭嗣同不再说什么，用能喷出火来的一双眼睛，死死盯住父亲，任他打骂。谭继洵立即意识到了儿子的这一变化，把又举起的手放下了。

这天晚上谭嗣同没吃饭，一个人躺在床上哭了好久。

一个月以后，母亲回来了，她见谭嗣同面色难看，神情不爽，就问：

"她欺负你了？"

"没有。"

谭嗣同故居

"你想娘了吗!"

"嗯!"谭嗣同脱开母亲的手跑掉了。

但,母亲已经看到了那悬在他眼中的泪。她长长地叹了口气,却又隐隐地感到一丝快意:这孩子多坚强啊!

谭嗣同的母亲共生了5个孩子,3个男孩儿,2个女孩儿。大女儿很小就夭折了,剩下4个长大成人。

谭嗣同12岁那年,二姐得了白喉症,由外地到北京来医治,母亲携谭嗣同前去探望。不久,二姐病死。两天后,母亲由于受传染也病死了。大哥前来照看母亲,在母亲去世的第三天也染病身死。

谭嗣同受感染后大病不起,昏迷三日不醒,后来

我自横刀向天笑
——维新志士谭嗣同

又奇迹般地复活了，他有字叫"复生"就是这么得来的。

他虽然"复生"了，死去的亲人却再不能复生。二哥扶母亲、大哥、二姐的灵柩回湖南安葬，孤苦的谭嗣同留下随父亲，他已失去了母爱，在父妾的挑拨下也得不到父爱，唯有和二哥的信函可以寄托一份亲情。可是几年以后，年仅33岁的二哥也在台湾官任上病逝了。

这一而再、再而三地打击和不睦的家庭氛围，使谭嗣同常常感到压抑，感到一种积胸的愤懑和不满，使他极为深刻地感受到了封建伦理纲常的罪恶，一旦他长大成人就要冲决这网罗，砸烂这世界。

全国重点文物保护单位

谭嗣同故居

中华人民共和国国务院
一九九六年十一月二十日公布
湖南省人民政府
一九九七年五月十二日立

谭嗣同的两处故居

浏阳"大夫第"

故居于1996年，由国务院公布为全国重点文物保护单位，1998年修复并对外开放。

谭嗣同故居它始建于明朝末年，主体建筑占地2000多平方米，后由谭嗣同的祖父谭学琴购为私宅。谭学琴之子谭继洵官至湖北巡抚，署湖广总督，因此这一宅院又称"大夫第"。谭嗣同的出生之地，是北京宣武城南懒眠胡同父亲的官邸，他从13岁第一次回到故乡开始，其后虽随做官的父亲远去甘肃兰州，也曾壮游大江南北，但先后曾在"大夫第"度过了许多峥嵘岁月，寻求拯民救国的真理，结交

谭嗣同故居大夫第正门门楼

唐才常等维新志士，开展改革变法活动。1898年四月应诏赴京变法，时年三十四岁。他就是在这里和夫人李闰分袂，除了赠以《戊戌北上留别内子》一诗，据说他们夫妇在别离前夜，还对弹谭嗣同亲制的《崩霆琴》与《雷残琴》依依惜别。

北京故居

谭嗣同故居位于北京市宣武区（今西城区）北半截胡同41号，是宣武区（今西城区）文物保护单位。

浏阳会馆的正房五间现仍存，北面两间为谭嗣同当年所居。前面的院子里被低矮的建筑

挤得只剩小道，高大的屋宇仍一望可见，上面
蓬草丛生，柱子上漆早没有了，看得见木头的
纹路。门户紧闭的北面一间，就是谭嗣同的
"莽苍苍斋"。他的屋子在五间西房的北套间，
自题为"莽苍苍斋"。他的许多诗文、信札都
在这里写成。莽苍苍斋原有一幅谭同同自书的
门联：上联是"家无儋石"，下联是"气雄万
夫"。后改上联为"视尔梦梦，天胡此醉"，改
下联为"于时处处，人亦有言"。会馆里还有
维新志士开会的里院北屋。浏阳会馆现已有较
大的改建，但当时的建筑格局大多尚存。

浏阳会馆

徐五缘替姐出嫁

湖南浏阳淳口镇炉烟村是谭嗣同母亲徐五缘的娘家,当地流传关于徐五缘替姐出嫁的传说。

熊惠娘生有二女,长女庆缘,次女五缘。庆缘在舅父的说合下,许配谭家三公子谭继洵为妻。庆缘对自己的终身大事非常慎重,她委托弟弟富益借送礼之机代为调查未婚夫及其家庭情况。富益到了谭家,发现那位未来姐夫是个日夜沉迷于书本、从不理人的书呆子。富益回家后如实做了"汇报"。庆缘不愿嫁给这个书呆子,徐家只好将婚期一推再推。

1848年,已是谭、徐两家订婚的第五个年头了,徐家经不住谭家的一再催促,只好答应完婚。可庆缘仍是死活不同意嫁到谭家。在百般无奈的情况下,五缘为了父母、为了徐家大局,就上了花轿,替姐出嫁了。

谭嗣同曾作《先妣徐夫人逸事状》记载她的生平事迹。

仇 恨 八 股

　　谭嗣同5岁开始读书，父亲为他请来了当时著名的学者欧阳中鹄为师，希望借名人之手，把自己的儿子扶上科举成名之路。

　　欧阳中鹄非常尊崇明末清初思想家王夫之的学问和气节，经常给谭嗣同讲王夫之与满族贵族斗争的故事和他朴素的唯物主义思想，在谭嗣同孩童的心里埋下一颗颗反抗的种子。谭嗣同学习非常勤奋，先秦诸子的思想，丰富的文学，浩瀚的历史，无一不使他爱不释手。他14岁开始学诗，第一次作诗就写下了这样

的佳句：

> 碧山深处小桥东，
> 兄自西驰我未同。
> 羡杀洞庭连汉水，
> 布帆斜挂落花风。

表现出非凡的才华。

但是，谭嗣同不愿意读经书，更讨厌作八股，父亲经常给他拿回些"名作"，什么某某状元的起股起得好，某某探花转股转得好，让谭嗣同参照模仿。这些东西基本上都被谭嗣同束之高阁，除非父亲逼急了，他才拿出来应付应付。

谭嗣同不爱读教条的经书，作死板的八股，却崇尚不拘泥于俗套的侠义人物。有一次在庙会上他见到一个人。此人浓眉虎目，膀阔身长，方巾裹头，宽带束身，背后斜插着一把大刀，说起话来声如洪钟，发出的笑声朗朗入耳。谭嗣同觉得他身上有一股巨大的吸引力在无形地吸引着自己。

"他是准？好威风啊！"谭嗣同禁不住问身旁的同伴。

"你还不知道啊，他就是大刀王五。他叫王正谊，风威标局的标头。他走南闯北，扶危济贫，名气大着呢！"

"我想拜他为师，你看怎么样？"

"你？"那同伴上下打量着谭嗣同，"你一身绸缎，

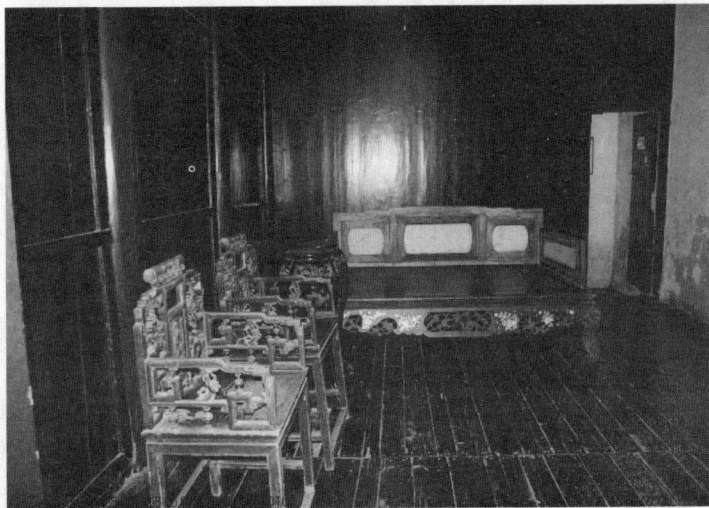

谭嗣同故居

我自横刀向天笑
——维新志士谭嗣同

一看就是官家公子，他能与你交往？"

"看人不能仅看出身，我去找他！"谭嗣同穿过人群，到了大刀王五的近前。

"王大侠，听说你行侠仗义，武功高强，我想拜你为师。"说着谭嗣同深深一揖。

眼见华光一闪，来人拜在自己面前，王五心里一阵不悦，不知哪家公子哥又跑来讨没趣。可是，当谭嗣同抬起头来，对视他的时候，他一下怔住了。这少年除了衣着华丽，还有一脸正气，特别是他炯炯的双目中透着一种豪气，凝重的眉宇间露着一种威严，这豪气和威严是与自己相似的！他心动了。

"你是富家子弟，怎么能拜我这乡野武夫为师？"

"穷富都是一样的人，我学好了武艺，也跟着你

去帮助穷人。"

"好，说的好！我就破例收你这个徒弟。"

14岁的谭嗣同开始练武了。他不仅跟王五学习刀剑、拳脚，而且跟王五学习如何做人，跟王五了解社会。谭嗣同的心里开始同情下层人，那些每天辛苦劳作却吃不饱肚子的人。另外王五身上那种慷慨豪迈、倔强勇敢的性格也深深感染着谭嗣同。

谭嗣同每天习武看"杂"书，自然招来父亲的责难。有一次父亲亲自到了他的书房，只见墙上挂着各式各样的刀剑。书案上放着剑谱、刀法。一摞摞看过的书大都是文集、诗集和历代掌故、故朝沿革之类，他辛辛苦苦找来的八股样文落满了灰尘。再看看谭嗣同的习文、笔记、心得，除了诗赋，就是政论和驳议，找不出几篇八股，老爷子发怒了。

"你自己说说，你每天都干了些什么，看了些什么？你到底还要不要功名？不为你自己，也为你死去的母亲想，你们三兄弟，就剩你一个人，你再不努力，我们谭家可要……"父亲又是气愤又是伤心竟说不下去了。

谭嗣同没有争辩，也没有表白，就那么站着，听着，一句话也没说。

"从明天开始，你给我好好用功，我定期来检查。"说完，父亲就走了。

父命难违，谭嗣同不得不耐着性子背经书，怀着怨恨作八股。1885年谭嗣同第一次参加科举。这时谭继洵已由北京调到兰州任官，谭嗣同及家眷也随父亲在兰州，他不远万里到湖南乡试，没有考中。

1888年谭嗣同第二次回湖南考举人，不用说又名落孙山。那一天，他怀着极度压抑的心情回到兰州，想到父亲那张不快的脸，他放慢了脚步。一进家门谭

谭嗣同

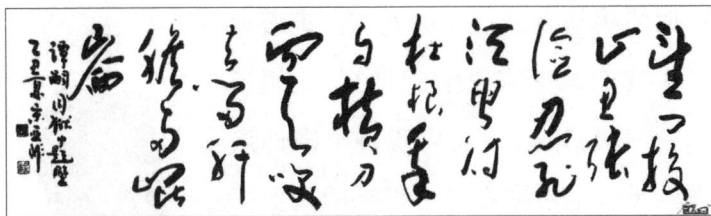

福就告诉他："老爷和太太正在大厅里等你呢。"

谭嗣同拖着沉重的双腿迈进了大厅，父亲和当年的小妾，今天的夫人坐在正北座位上，妻子和两个嫂子分立在两侧，几个侄儿候在门口。他原打算先向家人问安，再向父亲请罪，然而，当他目光触到父亲脸上的不满，特别是继母脸上的那种幸灾乐祸的神态和妻子脸上那种凄苦与不安，他一下被激怒了。为什么非得博得与世无补的功名，即考不取，又有何过？

谭嗣同在父亲面前跪了一下就站起来，一句悔恨的话也没说，坦然地平视着父亲。

谭继洵见他如此倔强，心中更加不满，当着家人的面大声训斥谭嗣同：

"我知道你不愿意考，我知道你心里有气！你若没这个天分，我也不逼你，

我自横刀向天笑
——维新志士谭嗣同

谭嗣同像
一九八四年夏制作

可你明明是有劲不往这上使！难道你想让我们谭家家道中衰吗？"他顿了一下又接着说，"以后我再不准你出去游历，也不准看经书以外的任何书籍。你给我一心科举，将来成名，祖宗脸上也光彩。"

谭嗣同

回到书房，谭嗣同只觉得书案上那一本本经书分外刺眼，好像一把把杀人不见血的屠刀，他拿起笔来，在经书上一连写了几个"岂有此理"，以泄心头之恨。

由于打心眼里厌倦经书八股，谭嗣同虽然在父亲的督促下又参加过几次科举，但都没能考中。

谭嗣同故居

欧阳中鹄

　　欧阳中鹄（1849—1911）湖南浏阳人。亦名忠鹄，字节吾，号瓣姜。学者，官至广西灵抚。弟子谭嗣同、唐才常，孙子予倩。

　　1873年中举，任内阁中书。受户部主事谭继洵之聘，教其子嗣襄、嗣同。1877年，欧阳中鹄从北京返回故里，谭嗣同、唐才常又拜其门下就读。欧阳中鹄知识渊博，谭嗣同称其学问"实能出风入雅，振前贤未坠之绪"。欧阳中鹄循规蹈矩推崇变革，曾发表"变法之论"。在接到谭嗣同"兴算学"的信函后，欧阳中鹄即刻着手筹办算学馆。此举遭到了浏阳顽固守旧分子的强烈反对。欧阳中鹄遂与唐才常、刘善涵等商议，会聚同仁集资，于1895年在浏阳文庙后山奎文阁开办算学社。

　　随着维新运动在全国各地的展开，此时湖南的变法改革已进入高潮。可欧阳中鹄却对谭嗣同"尽变西法"的主张产生了异议，一改其初衷，变得消极起来。1898年，欧阳中鹄进京纂修《会典》。

1903年授广西思恩知府。

1908年，欧阳中鹄调任桂林知府。1910年补授广西提法使。1911年年病故，终年62岁。其遗作有《瓣姜文稿》传世。

谭嗣同、唐才常与欧阳中鹄筹建的浏阳算学馆旧址。

王 大 刀

王正谊,字子斌,祖籍河北沧州,回族。因他拜李凤岗为师,排行第五,人称"小五子";又因他刀法纯熟,德义高尚,故人人尊称他为"大刀王五"。

王正谊一生行侠仗义,曾支持维新,靖赴国难,成为人人称颂的一代豪侠。位列民间广泛流传的晚清十大高手谱中,与燕子李三、霍元甲、黄飞鸿等著名武师齐名。

王五出身贫寒,三岁时父亲又因疾去世。他只得与母亲相依为命,很小便开始干各类杂活,后来又拜肖和成为师,为习武打下了坚实的基础。为了修习更高的武艺,又拜沧州当时最有名的武师双刀李凤岗。为了把他锻炼成更加全面的人才,李凤岗把他推荐给自己的师兄刘仕龙,一起押镖,行走江湖。经过几年的锻炼,王五告别了师父,1871年,他先到天津,后又到北京,经人介绍到了一家镖局当了镖师。

　　王五不仅本行中受人尊敬，他的爱国义举更是被人们广泛传颂。甲午战争失败后，御史安维峻上书，力陈议和之弊，要求严惩误国者，却遭到清廷的贬斥，被革职戍边。王五出于义愤毅然担负起了护送安维峻的责任。回京后，王五便在香厂筹开学堂街，名为"父武义学"。

　　1898年，戊戌变法进入高潮，谭嗣同应诏入京，任四品军机章京，参与变法。在此期间，王五担负起了谭嗣同的衣食住行和保安工作。变法失败后，谭嗣同为表白自己变法决心，醒悟大众，甘愿受捕。王五得知后心急如焚，多方打探消息，买通狱吏，还广泛联络武林志士，密谋救谭，却被谭嗣同坚决拒绝了。同年9月27日，谭嗣同等"戊戌六君子"被刚毅监斩于宣武门外菜市口，王五得知后悲痛欲绝。为了继承谭嗣同的遗志和复仇，王五多次组织人员进行暗杀活动，终未果，使王五反抗清廷的决心自此更加强烈。

谭嗣同夫人李闰

谭嗣同的夫人李闰，是长沙市望城县李篁仙之女。李闰生长于诗书家庭，知书达礼，而谭嗣同冰雪情操，著文反对纳妾，而且严以律己。他们仅有的一个儿子兰生早年夭折，但他和李闰仍然相敬如宾，伉俪情深。

江湖多风波，道路恐不测，谭嗣同北上后，牵肠挂肚的李闰曾对月焚香，祈求远行的丈夫顺利平安。"如有厄运，信女子李闰情愿身代。"真是弱女子的真情，烈女子的至性！而谭嗣同在长沙写给李闰的信，称谓是亲切的"夫人如见"，以"视荣华如梦幻，视死辱为常事"相劝勉，似乎有某种预感，而意欲让李闰有思想准备。以上所引的留别诗更有珍重与托付之意。果然，不久噩耗传来，李闰痛失良人，终日以泪洗面。她年年在谭嗣同的忌日悼亡赋诗，有悼亡诗一卷留于浏阳天井坡谭家祖屋。流传至今的一首七律《悼亡》，今日读来仍然令人一洒同情之泪，

我自横刀向天笑

可见作者当年之痛断肝肠：

盱衡禹贡尽荆榛，国难家仇鬼哭新。

饮恨长号哀贱妾，高歌短叹谱忠臣。

已无壮志酬明主，剩有史生泣后尘。

惨淡深闺悲夜永，灯前愁煞未亡人！

谭嗣同牺牲后，李闰自号"史生"，表示自己含悲忍辱暂且苟活之意，并写诗道："前尘往事不可追，一成相思一层灰。来世化作采莲人，与君相逢横塘水"。

为了尊重和纪念先烈，她从他们原来的卧室中搬出，住到与谭继洵卧室隔天井而相对的房间里。李闰养亲抚侄，含辛茹苦，热心社会公益事业，创办了浏阳前所未有的女子师范学校，1925年逝世于"大夫第"，享年六十。大夫第厅堂之上原悬有"巾帼完人"的匾额，那是康有为与梁启超祝贺她六十寿辰合赠的，也于"千载难逢"的"文革"中被抄毁。李闰还悉心将谭嗣同的多种遗物，封存保管在阁楼之上，后来也不知所踪，令人扼腕叹息。

冲决网罗

1894年9月的一天，武昌湖北巡抚大衙的门前熙熙攘攘地挤满了人，他们一个个衣着褴褛，面带肌黄，有的手里拿着碗，有的手里端着盆，还有的只拿了块打破的瓦罐。这时，前面站出来一位白衣公子：

"乡亲们，大家不要挤，按顺序站好队，先让一让老人和孩子，马上就开始放粥了。"说完，他就和几个人一起下来归拢队伍。

"你们知道吗？他就是巡抚大人的公子。"

"是吗？听说这次赈灾的粮就是他去安徽买来的？"

"可不是吗，他帮着筹了钱，又亲自带人到安徽，跑了许多地方才把米买回来，要不然咱们就等着饿死

黄海海战是中日甲午战争中双方海军主力在黄海北部海域进行的较大规模的海战。

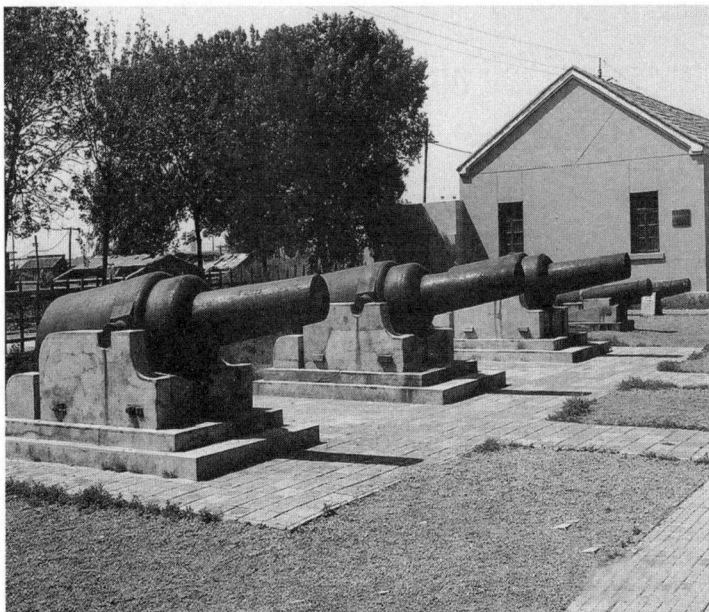

吧。"

　　"多谢谭公子！多谢谭公子！"人群里不断有人致谢。一位老人拉着小孙子给谭嗣同跪下。

　　"公子，你可是我们的救命恩人啊，我们家 8 口人就剩下我这把老骨头和这个小孩子了，若不是你买回粮来，我们家可就绝根了。"

　　看着这些无依无靠的穷苦百姓，谭嗣同心如刀割。父亲上任湖北巡抚一年多就赶上两湖一带水灾，许多地区一片汪洋，颗粒无收，可怜的庄稼人叫天天不灵，呼地地不应，不得不背井离乡四处逃荒。一些走不了、动不了的老弱病残只能留下来等死。谭嗣同见此情景，心急火燎，主动提出帮助父亲赈灾。他以巡抚公子的身份筹款，又往返几千里买粮，不知流了多少汗水才有今天放粥这个结果，难怪灾民们感激得流泪。

放粥开始了。谭嗣同拿着木柄的饭勺，一勺一勺地分给每一个灾民。他买来的这点粮食，只能维持一两个月，过了这两个月又怎么办呢？谭嗣同看着灾民们一张张满是期盼的脸，心中无限忧伤。

就在这时，老家人谭福神色紧张地跑了过来：

"公子，佛尘他们来了，让你马上回去。"

"什么事这么急？"

"回去你就知道了。"谭福看了看那些可怜巴巴的灾民，没有把话说出来。

谭嗣同和下面几个人交代了一下，就同谭福回寓所去了。

客厅里，唐才常与刘淞芙神情抑郁地坐在藤椅上，不住地叹着气，见谭嗣同进来急忙站起来相迎。

"佛尘，出了什么事，这样急着找

唐才常

——维新志士谭嗣同

我自横刀向天笑

我？"

佛尘是唐才常的字。他也是湖南浏阳人，此时正在武昌两湖书院读书，喜好交游，不拘俗礼，为人真诚正直，与谭嗣同从小要好，曾同师共读。

"上海传来消息，我们的海军、陆军全败给日本了。"唐才常说。

"什么，都败了？"谭嗣同只觉得脑袋"嗡"地一下，顿时一片空白，直愣愣地望着唐才常。

"复生，你没事吧？"唐才常见他这样，知道是受了刺激，连忙关切地问。

"没事，快说说具体情况。"谭嗣同强使自己镇定下来。

"淞芙，你来说吧。"

刘淞芙是唐才常在两湖书院的同学，为人刚直，又忧国忧民，与唐才常、谭嗣同等很合得来。刘淞芙介绍了中国战败的经过。

"外国报纸上评论，这一仗之后，日军探得北洋海军的虚实，就有可能直接从朝鲜过鸭绿江进攻中国领土。"刘淞芙接着说。

"没想到日本自明治维新以来，发展的这样快，还不到30年，就敢与大清帝国挑战。"唐才常说。

"还不只是日本强大了，"谭嗣同深深地叹了口气，"物必先腐而后虫生。看看我们的国家贪官污吏遍地皆是，朝廷只知征税加赋，不管百姓生死，造成民变连连，灾荒不断，这么既贫且弱的国家哪有对外抵抗的能力，不遭侵略才怪呢?"

"看来西方真有比我们祖宗更好的办法，不然日本怎么会发展得这么快。"刘淞芙说。

"不错，西学已经压倒了中国的旧学，今天我们中国要想强盛起来，也必须走学西方救中国的路。"谭嗣同说着握紧了拳头。

"可是，学西方，怎么个学法，又从哪开始学呢?"唐才常边思索着边说。

谭嗣同端起茶杯呷了一口茶，好像要平静一下内心的激动与不安，沉思了一会，他站起身来，用坚定的目光看着唐才常、刘淞芙两人:

"我想应当从办教育人手，只要能培养出新人，

就会有新气象，有了新气象，不愁没有新国家，到那时我们君民一心，上下一体，发展实业，奖励工商，国富兵强，不用说日本，就是西方列强也不敢把我们怎样。"

"对！对！我赞同。"

唐才常、刘淞芙两人都表示赞同。

谭嗣同的眼中放出了光芒："我看，我们先回湖南办个算学馆，冲冲那些旧式书院，你看怎么样？"谭嗣同把目光转向唐才常。

"好，你办赈灾走不开，我这就辞学回湖南！"

"我也随你去。"刘淞芙自告奋勇。

"那就更好了，你们先去找欧阳中鹄老师商量办法，有事给我写信，我一忙完这面的事务，马上返回

我自横刀向天笑
——维新志士谭嗣同

湖南。"

送走了朋友，夜已深了，望着茫茫的夜空，想着西学救国的方案，谭嗣同的内心又是激动又是忐忑不安，他知道这一夜又不能入睡了。

回到书房，看看那些读过的经、史文集和自己写下的一卷卷、一本本心得札记，回想自己30年走过的路，谭嗣同思绪万千。几十年捧卷苦读，多少次南北应试，仆仆风尘，满腹悲酸，而今祖国雄伟壮丽的大好河山，遭到外国侵略者的践踏，同胞们流离失所无家可归，自己还能像过去那样为了博取功名而空耗生命吗？不！谭嗣同的内心如波涛翻涌，他提起笔来饱蘸墨汁，"刷、刷"写下两个大字：壮飞。人称三十而立，谭嗣同在30岁为自己取号壮飞，要为壮大中华而奋飞！

我们的主人公至此和封建的书生生活决裂，满怀着爱国主义热情，投入了改革社会的激流。

1896年春，谭嗣同告别了亲友，开始了北游访学的里程，他决定到外面去拜访维新人士，增加社会见识，寻找解决社会问题的办法。

谭嗣同由浏阳去武昌，由武昌沿江东下，直奔上海。一路上，俊美的山河与破败的家园形成了鲜明的对比，谭嗣同不住地发问，为什么广阔的土地，丰富的物产竟养育不了勤劳的人民，却总受外国的侵略？难道不是那些吸血鬼般的贪官污吏所造成的？可中国

中日甲午战争

中日甲午战争是1894年7月—1895年4月日本侵略中国和朝鲜的战争。1894年爆发。时年为甲午年，故称甲午战争。丰岛海战是战争爆发的标志。大清政府迫于日本帝国主义的军事压力，签订了继《南京条约》后，又一个丧权辱国的《马关条约》，又一次，把中华民族带入了灾难的深渊。

这块土地为什么盛产贪官污吏呢？谭嗣同已读了不少西书，对专制和议会民主已有了朦胧的认识。

这时，一艘外国军舰溯江而上，舰上的人议论纷纷。

"这军舰要去哪儿？是不是又要打仗了？"

"不可能吧，八成是去重庆，《马关条约》不是把重庆定为通商口岸了吗？"

"唉，朝廷也真是，怎么能让军舰在我们的江上随来随去呢？"

谭嗣同也注意到了那艘反向而行的军舰，《马关条约》在长江又开了几个通商口岸，以后长江上的外国轮船兵舰会更多的。一想起《马关条约》谭嗣同的心更沉了，他不由自主地吟起了那首感时诗：

世间无物抵春愁，

合向苍冥一哭休。

四万万人齐下泪，

天涯何处是神州！

这是谭嗣同得知《马关条约》签订时流着泪写下的。

一到上海，谭嗣同就到处买新书，他已经把在两湖所能找到的新书都读了，不论政治、地理、文化，只要是介绍西方、宣传西方的书他都读。有一天，谭嗣同正在向一个店员询问有没有格致算学（物理、数学）方面的书，引起了一个外国传教士的注意，他走到谭嗣同身边问道：

"你想学格致算学吗？"

格致课艺汇编

谭嗣同见是个外国人疑惑了一下，随即答道：

"是的。"

"我愿意帮你。"这个外国人很主动地和谭嗣同攀谈起来。

他叫傅兰雅，是英国传教士，酷爱古生物学研究，收集各种植物标本和化石。这时期他和中国留美归来的两个科学家徐寿、华蘅芳正在上海办格致书院，所以见谭嗣同找格致算学方面的书，他就过来打招呼。

傅兰雅为谭嗣同的求知欲所感动，邀请谭嗣同参观他的实验室。在他的实验室里，谭嗣同看到了万年以前的化石，有三叶虫，古林木等，还看到了许多精密仪器，其功能谭嗣同连做梦也没有想到。他非常惊喜：

"这些东西，你们是怎么弄出来的？"

"科学家们研究的啊。"傅兰雅说，"我们的科学家，也就是非常有知识的人，他们的工作就是发现世界的秘密，找出事物变化的规律，推动生产，方便生活，不像你们国家的读书人，只研究那几本经，而且一代接一代的研究，没完没了。"

"你说得对，我们这儿的读书人所学非所用，于社会国家无补。"谭嗣同说着，仔细端详那些化石，自言自语地说："看来天地真是日新月异，事物无一刻不在变化。今日之神奇，明日即为腐臭，还自以为万能，不思变革，就只能进历史的垃圾堆了。"

谭嗣同从上海到天津，又从天津到了北京，但这

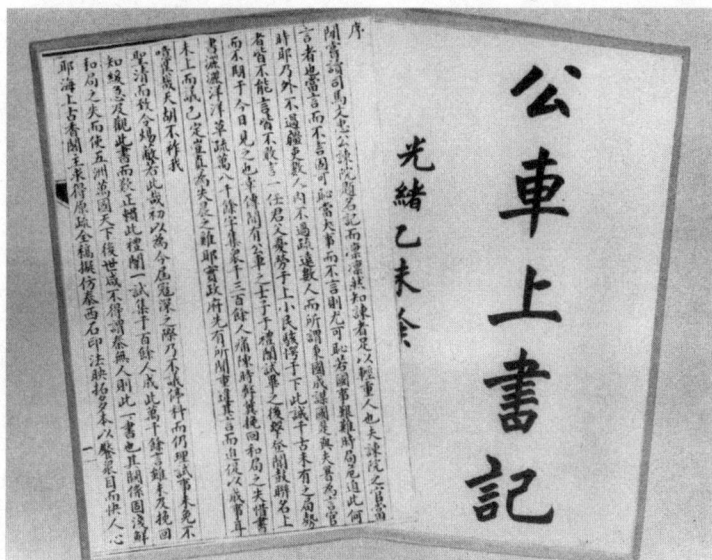

公车上书

维新运动开始于1895年于北京发生的公车上书。当时齐集在北京参与科举会试的十八省举人，收到《马关条约》中，中国割去台湾及辽东，并向日本赔款二万万两的消息，一时间群情激动，4月，康有为、梁启超作成上皇帝的万言书，提出拒和、迁都及变法的主张，得到一千多人连署。5月2日，康有为、梁启超二人，十八省举人及数千市民，集合在都察院门前要求代奏。因为外省举人到京是由朝廷的公车接送，事件也被称为公车上书。虽然公车上书在当时没有得到直接实质的后果，但却形成了国民问政的风气，之后也催生了各式各样不同的议政团体。当中由康有为、梁启超二人发起的强学会最为声势浩大，更曾一度得到帝师翁同龢、南洋大臣张之洞等清朝高级官员的支持。

时北京的维新运动已经沉寂了，为反对《马关条约》领导公车上书的康有为、梁启超都已经被迫离开了京城，谭嗣同非常失望。

过了几天，父亲从湖北发来电报，他花钱给谭嗣同买了个候补知府，催谭嗣同去南京候任。谭嗣同也打听到康有为、梁启超等人，又在上海搞起了维新活动，于是他又踏上了南返的旅程。

1896年7月间谭嗣同到了南京，就任江苏候补知府，但他视功名利禄如浮云，更讨厌官场上的趋势奉迎，特别是每日的打躬作揖，例行公事，使谭嗣同感到非常无聊，和那些官僚政客在一起，他感到很压抑。他决定尽快到上海拜会那里的维新志士。

我自横刀向天笑

——维新志士谭嗣同

梁启超

梁启超，字卓如，号任公，又号饮冰室主人、饮冰子、哀时客、中国之新民、自由斋主人等。汉族，新会人，中国近代维新派代表人物，资产阶级改良主义者，著名学者。梁启超自幼在家中接受传统教育，1889年中举。1890年赴京会试，未中。回粤路经上海，看到介绍世界地理的《瀛环志略》和上海机器局所译西书，眼界大开。同年结识康有为，投其门下，后来，与康有为一起领导了著名的戊戌变法。其著作编为《饮冰室合集》。

在谭嗣同的老熟人吴樵的帮助下，谭嗣同、梁启超这两位维新运动的领袖相遇了。梁启超此时还不了解谭嗣同，但是，当他得知谭嗣同以巡抚公子的身份北游、南巡追求救国救民的真理，深为感动，热情地接待了谭嗣同。

"梁兄以少年举子之身，毅然放弃旧学，追求新知，又打破禁令，公车上书，真让复生佩服！"谭嗣同说着站起身来抱拳施礼。

"谭兄过奖了，快请坐。"梁启超忙站起来还礼，"我18岁中举人，主考官见我少年有成，把妹妹许配给我，所以时人有'少年科第，佳人上门'之称，可是就在那一年，我遇到了康先生，他为我讲述其新学所得，令我耳目一新，我当即决定放弃旧学，拜康先生为师。"

"康先生的新学一定很深了，请梁兄赐教。"

当时出版的《普天忠愤集》，记载了全国人民的义愤。

康 有 为

康有为（1858年3月19日～1927年3月31日），又名祖诒，字广厦，号长素，又号长素、明夷、更甡、西樵山人、游存叟、天游化人，晚年别署天游化人，广东南海人，人称"康南海"，清光绪年间进士，官授工部主事。出身于仕宦家庭，乃广东望族，世代为儒，以理学传家。近代著名政治家、思想家、社会改革家、书法家和学者，他信奉孔子的儒家学说，并致力于将儒家学说改造为可以适应现代社会的国教，曾担任孔教会会长。主要著作有《康子篇》《新学伪经考》。

"康先生遍读西书，认为西学强于中学，主张学习西方各国先进的制度，改革中国社会，通过改革使民情上达，君民相通，使工商交通业大发展，国家富强，而国富则兵强，列强再不敢欺侮我们。"

"对，对，我也是这样想的。"谭嗣同终于找到了志同道合的人，心中异常兴奋。"先生有何具体改革良策？"他又问。

"先生这些年的活动基本上是办学堂培养新式人才，办报纸扩大宣传，建学会议论新政。近来他又几次上书皇上，希望皇上支持为法图存的主张。如果那样，先生主张开制度局于宫中，取代朝廷原有的军机处，成为最高议事机关，全面推行改革。"

为了把维新变法推向高潮。1895年8月，康有为、梁启超等人在北京出版《中外纪闻》，鼓吹变法；组织强学会。1896年8月，《时务报》在上海创刊，成为维新派宣传变法的舆论中心。1897年冬，严复在天津主编《国闻报》，成为与《时务报》齐名的在北方宣传维新变法的重要阵地。1898年2月，谭嗣同、唐才常等人在湖南成立了南学会，创办了《湘报》。在康、梁等维新志士的宣传、组织和影响下，全国议论时政的风气逐渐形成。到1897年底，各地已建立以变法自强为宗旨的学会33个，新式学堂17所，出版报刊19种。到1898年，学会、学堂和报馆达300多个。1897年11月，德国强占胶州湾，全国人心激愤。12月，康有为第五次上书，陈述列强瓜分中国，形势迫在眉睫。1898年1月29日，康有为上《应诏统筹全局折》，4月，康有为、梁启超在北京发起成立保国会，为变法维新做了直接准备。

谭嗣同听到这些主张心花怒放："太好了，我非常赞同先生的主张。我虽不是他的亲授弟子，但我遵循他的思想变法维新，以后我就算是他的私淑弟子吧。"

谭嗣同、梁启超二人相见投机，谈吐倾心，从此埋下了友谊的种子。

1897年3月谭嗣同完成了《仁学》的写作，4月他

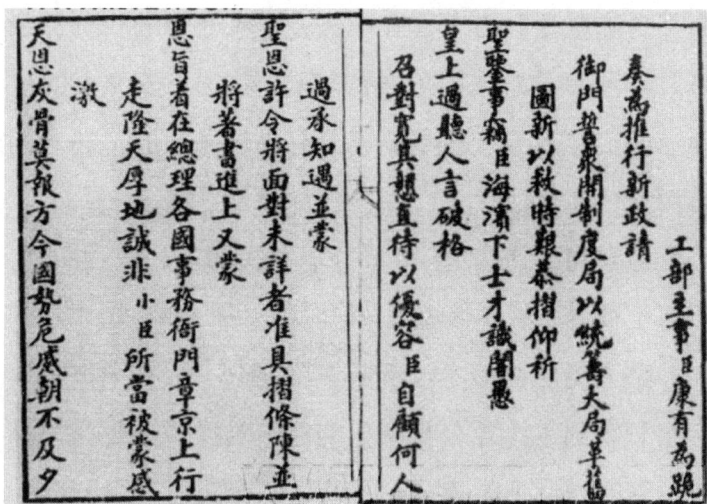

应诏统筹全局折

带着草稿到上海找梁启超征求意见。这时他和梁启超已交往过多次，不似第一次见面那样客气了。

"卓如（梁启超的字），我的《仁学》写好了，你来提提意见。"谭嗣同直抒来意。

梁启超接过书稿，翻开第一页就禁不住叫出声来："冲决伦常之网罗！冲决君主之网罗！复生，你好勇猛啊。"梁启超用一种惊奇的目光看着谭嗣同。

"我认为中国的三纲是杀人不见血的魔王，大臣必须服从君主，儿子必须服从父亲，妻子必须服从丈夫，君要臣死，臣不能不死，父要子亡，子不能不亡，夫唱妻不敢不随。这样的教条，像沉重的锁链，牢牢地捆着人们的手脚。可怜我们中国人，多少年来有泪含在眼里，有苦埋在心头，连吭一声的权利都没有，不知断送了多少人的青春，牺牲了多少人的生命。我们今天要变法维新就要打破这条锁链，还人们自由！"

谭嗣同说到这里停了一下，他见梁启超满脸激情，听得全神贯注，又接着说：

"人类之初，本没有君、民之分，后来大家需要一个管事的人，才公推一人为君。君实质上是为民办事的管家，他不能骑在人民头上作威作福。多少年来，君主像强盗一样窃夺了国家的大权，欺压人民，鱼肉百姓，这样的君主专制制度，我们为什么不可以冲它一冲！"

谭嗣同边说边挥动着拳头，好像那专制体制下的君主就在他面前，他要一拳将他砸烂。

"复生，你真是冲决网罗的勇士！虽然，我和康先生倡变法维新于先，但绝没有你那样的力量。今后，为了变法图强这个大目标，让我们一起战斗吧！"说着他紧紧握住了谭嗣同的手。

梁启超留谭嗣同住了几天，仔细研究了《仁学》的每个篇目，提出了一些修改、补充的办法。

《仁学》是谭嗣同留给后人的一份宝贵精神遗产，虽然在当时没有刊行，但作为刺向封建专制主义的一把利剑，其精神和内容已在维新志士中传播，成为他们同顽固派斗争的思想武器。

我自横刀向天笑

——维新志士谭嗣同

谭嗣同主张求和

中国在甲午之战中败于日，康有为主张"拒和"，谭嗣同则深知清政府无实力再战，因此希望迅速与日本达成和议。但当他得知议和的条款使中国的主权得到极大侵害时，又视签约的李鸿章为"众矢之的""诚足恶矣"。谭嗣同似乎既反战又反和，其实他是责备主战者"不问所以战"、主和者"不察所以和"，主战者和主和者都"幸敌兵一旦不至，则谓长治久安，可以高枕无虑"，都抱有苟且偷安的消极态度。谭嗣同所设想的"救急"方案是把西藏、青海、新疆、内外蒙古等东部边疆之地分别售于英、俄两国，用售地之价偿还欠款和满足实施新政所需。显然，他的这些主张是错误的，其师欧阳中鹄也认为他的主张"绝和"。谭嗣同虽然反对依赖"以夷制夷"和与别国结盟，但当中国被瓜分不可避免时，又倾向于与英、俄结盟，称"不请别国保护，必无久持之理"。

谭嗣同的佛学思想

谭嗣同在三十三岁时赋予佛学以现代的精神，为现代人开拓了"应用佛学"的领域，将佛法精神贯注于现实社会。

1896年，谭嗣同三十一岁，这年春于京城结识了吴雁舟、夏曾佑、吴季清等人，吴季清、夏曾佑诸人均为一代佛学名宿，谭嗣同由此而倾心于佛学。同年夏曾佑，在南京认识著名近代佛学家杨文会居士，向杨文会学佛。

谭嗣同学佛时间虽晚，然其以发宏愿，以精进心而后来居上，遍览三藏，尤其于法相、华严二宗最有心得，"谭嗣同善华严"。

从谭嗣同发心学佛始，他便有一种强烈的预感，感知自己生命所剩下的时日不多，虽然当时他正值盛年，但在写给恩师的信中，他写道："于是重发大愿，昼夜精持佛咒，不少间断；一愿老亲康健，家人平安；二愿师友平安；三知大劫将临，愿众生咸免杀戮死亡。"梁启超

我自横刀向天笑

在《仁学序》中记录了谭嗣同的勤奋："每共居，则促膝对坐一榻中，往复上下，穷天人之奥，或彻夜废寝食，论不休。每十日不相见，则论事论学之书盈一箧。"

谭嗣同写作《仁学》，粗看时，好像成了中外思想大杂烩一样，孔、孟、老、庄、墨，礼、易、春秋公羊，周、张、陆、王、船山、梨洲等，加上西方天文、地理、生理、心理诸科学，几何算学还有基督教等等，一时间让人眼花缭乱；细看时，便知全书思想乃是以佛学贯穿起来。这是要对古今学术来一次价值的重估，其深邃的见识与雄浑的胆魄，使人不得不相信，如果不是谭嗣同英年早逝的话，那么他的学术成就，绝对不会在康有为与梁启超之下。即便只是这部《仁学》，谭嗣同亦足以在中国近代史上留下他才气纵横的一笔。

《仁学》的定位及其价值

有部分学者认为，《仁学》是一部有创意但欠精密的仓促之作。《仁学》集中了谭嗣同能够接触到的中外思想资料，结合中国客观现实，全面表达了他的宇宙观、历史观以及改革现状的政治、经济、思想文化、社会风俗等方面的见解，有很多独到之处。但思想资料来源的复杂性，决定了《仁学》的丰富博杂；写作仓促，决定了《仁学》的简明欠深；谭嗣同思想的激进性，决定了《仁学》的锋芒逼人。近代思想家的许多作品，都存在这样的问题，《仁学》则是一个典型。

同时也有部分学者提出：《仁学》是开启新思想的杰作。《仁学》的内容，就是用资产阶级的自由、平等、博爱和民主来冲决封建主义，

仁學自序

自序

仁從二從人，相偶之義也。元從二從兒，從二從人亦仁也。故言仁者不可不知元……者有三，曰佛、曰耶，而孔與耶間……曰羅，周秦學者必曰孔墨。孔墨誠仁之……標兼愛之旨，則其病亦自與其兼愛相消，蓋兼愛……也。故墨之俙儉非樂，自足與其兼愛相消……有兩派，一曰任俠，吾所謂仁也。在漢有……謂學也。在秦有呂覽，在漢有淮南，各識其……蓋卽墨之兩派，以近合孔耶，遠探佛法，亦……苦。殆非生人所能任受，瀕死累矣而卒不……之外，復何足惜。深念高墨，私懷墨子臒頂……

冲决封建伦常的三纲五常，用科学来反封建专制主义的俗学，替早期《新青年》提出的科学和民主开了先声。其某些论述比早期的《新青年》还要激进。我们应该肯定《仁学》的巨大作用。黄宣民提出《仁学》增加民权的新内容，更具有近代的启蒙意义。同时《仁学》既言启蒙又言救国，其人权思想中又包含着争取民族生存权利的新内容。可以说"《仁学》是19世纪末中国的人权宣言"。

关于谭嗣同在《仁学》中构筑的哲学体系，学术界比较一致的看法是：他将西方自然科学

劉陽譚壯飛先生著

仁學

國民報社藏板

中假设的"以太"引入中国哲学史，是一大开拓，具有一定的启发性。但是，在他的哲学思想"是否开创中国哲学史上的新阶段"这一问题上，学界两种不尽相同的观点。一种观点认为，谭氏哲学没有开创中国哲学的新局面，其思想充其量只是西方思想和东方思想的一个大杂烩。另一种观点则认为，谭氏立足于自身所处阶级，代表资产阶级利益，综合了旧有的哲学思想和新的文化要素，开创了哲学史上的一个新的阶段，即机械唯物论阶段。

——维新志士谭嗣同

我自横刀向天笑

革 新 湖 南

随着一声汽笛长鸣，一艘轮船缓缓地从下关码头驶出，甲板上簇拥的人群正在向送行的人告别，唯有一中年男子怒视着自由进出的外国军舰，愤愤的目光中仿佛有火在燃烧。

南京是六朝古都，巍峨雄伟，古雅壮丽，有风景秀丽的秦淮河，引人入胜的桃叶渡，而今这里已失去了往日的繁荣，被一层灰黯凄凉的色彩所笼罩，特别是那些炮口对着岸上居民的外国军舰，那些悬着各色国旗的外国货轮，这一切，我们的主人公能不愤怒吗？此刻谭嗣同正乘坐南京去武汉的客轮，准备回湖南领导维新运动。

1897年11月德国派军舰强行占领胶州湾，12月俄国以抵制德国为借口，悍然出兵旅顺口，强

日本的吉野号巡洋舰

山河图

迫清政府把旅顺、大连划给它作租界地，帝国主义瓜分中国的狂潮由此越演越烈。

眼看着民族危亡，迫在眉睫，谭嗣同忧心如焚，想那巍巍的山岳，滔滔的江河，尽被人霸占，本已苦难深重的同胞还要遭受列强的欺凌，谭嗣同的心如刀割般的疼痛，他痛苦地低吟道：

> 风景不殊，山河顿异。
> 城廓犹是，人民复非。

谭嗣同决计弃官回湖南，把大好青春献给维新事业。

1898年2月谭嗣同来到长沙。原在湖南的维新志士唐才常、徐仁铸、皮锡瑞、樊锥、毕永年、易鼐等设宴为谭嗣同接风洗尘。

刚饮了一杯酒，唐才堂就把话引上了正题："复生，你此番南来北往一年多了，对我们革新湖南有什么高见，快说出来大家听听。"

谭嗣同放下手中的筷子，用目光扫视了一下在座的人，然后说："我们湖南维新也不外这三个方面，办学堂培养新式人才，办报纸宣传新思想，设学会议论新政，通过这三个方面大开风气，等风气一开，设厂兴工，移风易俗之举，自然相随而行。"

"好，好办法。"大家不约而同地表示赞同。

"可是，眼下时务学堂，名字虽新，却没有多少新内容。"说话的是皮锡瑞，他是湖南有名的大学问家，很早就放弃了科举考试，此时正任时务学堂学长。

"那是由于顽固派把持课堂，"谭嗣同把目光转向了皮锡瑞，"我打算聘请梁启超为中文总教习，多吸收维新人士做教习，

时务学堂刊

我和各位都要去讲课，另外，尽快多开新学科，取替旧学，皮兄意下如何？"

"没问题，我一直感到孤掌难鸣，现在有你带动大家一起主讲时务学堂，时务学堂一定会有新气象。"皮锡瑞非常高兴。

"那我们什么时候办学会？"樊锥问道。此人家住衡阳，思想极为激进。

"要尽快，"谭嗣同说，"我们可以通过这个学会讲爱国的道理，求救亡的办法，凡是地方上的兴革事项告由这个学会讨论，然后再提交政府实行，使一般绅民也有参政权。"

"那么，这个学会实际上就是西方的地方议会了？"唐才常说。

"对！"谭嗣同接着说"这个学会可以在省一级设主会，在县镇一级设分会，一级一级都能表达人民的意愿。"

"那样就可以民情上达了！"樊锥激动得欢呼起来。

皮锡瑞也高兴地说："我们该给这个学会起个名字。"

大家相互对视着，最后把目光又落到了谭嗣同身上。谭嗣同略微凝思了一会儿说："就叫南学会怎么样？通过维新湖南影响南方各省，如果南方各省都能维新，就可以保住南中国不倒。"

1994年湖南大学校友、泰籍罗武子捐建"时务轩"于岳麓书院园林，为了纪念清末维新派创办的学校——时务学堂。

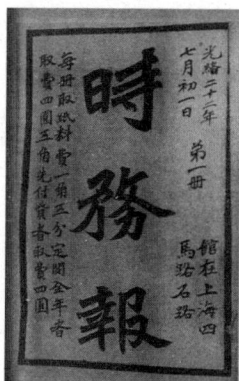

"好，就叫南学会！来！大家为南学会干杯！"唐才常又把大家引回到酒席上。他们边吃边谈，又从办报谈到设厂，从缠足谈到移风易俗，满怀爱国热情，设计着中国的未来。

谭嗣同等人很快投入了维新湖南的实践，2月底长沙时务学堂面目一新，从教习到课程都大有改观，不仅招收正式生，还设有外课生，随堂旁听。

3月，南学会正式建成，由几百人发展到几千人，谭嗣同多次演讲，无论讲什么题目，总能和变法自救联系起来。

有一次，他讲人体解剖学，在介绍了人体的各个部位之后，他突然换了腔调，满怀激情地说：

"我们大家都是堂堂7尺之躯，我们是活生生的

——我自横刀向天笑
维新志士谭嗣同

维新变法运动时期的报刊

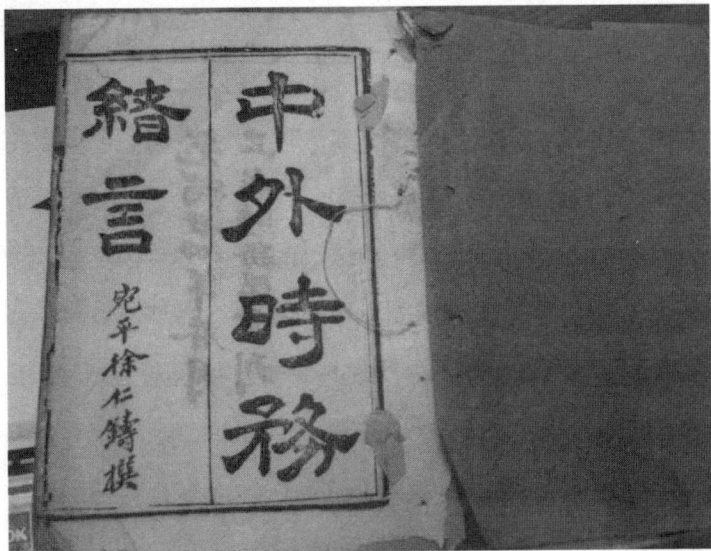

人，不是奴仆，更不是牛马！诸位看看我们今天所处的局势，再不奋起直追，离当牛马的日子还远吗！"讲到激愤的时候，谭嗣同脱下帽子，撩起长衫，挥动拳头，所有的听众都为他那种强烈的爱国主义热情所感动了。

谭嗣同回湖南仅仅几个月，湖南的风气就大大地改变了，各种学会、报馆蔚然而生，许多受新思想影响的人纷纷投资实业，办工厂、开矿山、买轮船，一时间湖南省垣呈现出生机勃勃的景象。

然而，那些封建主义的卫道士却对日益汹涌的变法洪流感到忧心忡忡，惊恐万状。湖南顽固派的总代表王先谦是当地有名的土豪劣绅，他身边聚集了刘凤苍、叶德辉等一批人，都是异常顽固的守旧分子。他意识到谭嗣同等维新派的运动必将把他们这些满口仁义道德，实则吸吮人民鲜血的封建卫道士赶下历史的舞台。他们开始向维新派反噬了！

他们首先逼走了皮锡瑞，接着又以"离经叛道"的罪名将樊锥驱逐出境。在顽固派的嚣张气焰面前，有一些改良主义者畏缩了，连谭嗣同的老师欧阳中鹄

我自横刀向天笑
——维新志士谭嗣同

1897年，熊希龄在长沙任时务学堂总理，提倡科学，注重时务。同时与谭嗣同、梁启超、唐才常等组织南学会，创办《湘报》，积极开展变法维新运动，因此受到顽固派的攻击。1898年，戊戌变法失败，清廷搜捕维新党人，时务学堂及《湘报》被迫停办，熊希龄亦受到"革职永不叙用，交地方官严加管束"的惩处。

也改变了往日的态度。

有一天，他派人把谭嗣同叫到书房。谭嗣同见老师手里拿着一份《湘报》一脸不满意的样子，心里很疑惑。

"欧阳老师好！"谭嗣同先向老师问好。

"嗯，坐下吧。"欧阳中鹄看了看谭嗣同，又指了指报纸说："你并没拜康有为为师，为什么在这上面称他为先生。"

万木草堂是康有为为了宣传其维新变法思想和培养变法人才而创办，是戊戌变法策源地。

"学生虽没在他门下授学，但推崇他的思想，故称为他为师。"谭嗣同回答道，也明白了欧阳中鹄叫他的来意。谭嗣同在上一期《湘报》上介绍康有为的《上清帝第五书》时，称康有为为先生，这一方面丢了欧阳老师的面子，另一方面表明谭嗣同思想激进，身在湖南，却与北京的康有为相呼应。

"现在风声这么紧，人家走的走，躲的躲，你又何必再和康有为攀扯。"

"我不怕！我也绝不是胆小鬼。平时大家都以

'杀身灭族'四个字相互勉励，不想斗争刚刚开始他们就逃避了。中国到了今天这个地步，要想复兴、强盛，非闹到新旧两党流向遍地不可！"

欧阳中鹄本想以老师的身份压制谭嗣同，见谭嗣同如此坚决只好作罢，两人不欢而散。

谭嗣同愤愤不平地回到自己的住处，见唐才常、徐仁铸正等在那里，两人都一脸不安的神色。

"复生，欧阳老师找你什么事？"唐才常问。

"还不是想让咱们收敛些。"

"我们刚从陈宅箴大人那儿来，湖广总督张之洞委派你筹办湖南焙茶公司。"徐仁铸说。

"什么？去办焙茶公司？"谭嗣同一愣。

"我听了以后也很奇怪，说不上这是好事，还是

我自横刀向天笑

坏事。"唐才常说。

"我过去是关心过机器制茶的事,不过,现在我们正与守旧势力激烈斗争,在这个时候把我撤走,恐怕不是偶然的。"

"他们要釜底抽薪,削弱我们的力量。"唐才常也明白了。

"对,他们打着办实业的招牌,用软的一招来对付我们。"谭嗣同说。

"可是,总督大人的命令,你也不能违抗啊。"徐仁铸说。

"是啊,我心里也正为这一点着急呢。"三人都沉默了。

就在这时,门外响起一阵"哒、哒"的马蹄声,不一会儿,有人在外面高声喊道:"谭嗣同接旨!"

谭嗣同大吃一惊,急忙开门相迎,来人宣道:"皇上命你即刻起程,进京参与新政。"谭嗣同的历史使命又翻开了新的一页。

谭嗣同经济思想

谭嗣同的经济思想也是其救亡主张不可或缺的一部分。在谭嗣同的思想体系中，除其救亡主张和生死观有较大特色外，其经济思想也较康有为、梁启超不同，而具有超前性。

他认为中国要想独立富强，摆脱西方列强的控制，改变受剥削、受压迫的命运，必须大力发展民族资本主义经济。他提出："为今之策，上焉者，奖工艺，惠商贾，速制造，蕃货物，而尤扼重于开矿。"

他的经济思想，主要是对封建小农意识，尤其是崇俭非乐思想的批判以及对于与资本主义发展相适应的惜时观念和通商的提倡。

首先，谭嗣同反对崇俭非乐。他认为本无所谓奢俭，是一些别有用心的人给他们命名，并教人们黜奢崇俭。其实，俭有天然之度，没必要刻意去尊崇它，俭之所以被尊崇，是封建统治者专制、以天下为私产的结果。说："自俭之名立，然后君权日以尊，而货弃于地，亦相因之势然也。"所以私天下者尚俭，公天下者尚奢。

谭嗣同是墨家思想的近代继承者，颇有"摩顶接踵而天下"的古道热肠。但他从发展资本主义经济的角度出发，竟然推崇以消费促进货物滋生与流通的价值观念，可以看出其思想的超前性。

谭嗣同认为，过俭会对人民、对国家造成极大的危害，甚至会造成亡国。他指出："愈俭则愈陋，民智不兴，物产凋零，所与皆娄人也。己亦不能更有所取，且暗受其销铄。一传而后，产析而薄，食指加繁，有将转而被他人之剥削并吞，与所加乎人者无或异也。转辗相苦，转辗相累，驯至人人俭而人人贪，天下大势遂乃不可以支。"如果仍然崇俭，"中国守此不变，不数十年，其醇其厐，其廉其俭，将有槁壤，饮黄泉，人皆饿殍，而人类灭亡之一日。"谭嗣同认为："奢之害止于一家，而利十百矣。"他主张建学兴机器来开矿、耕田、代工、造纸、造糖。富裕的人可以开大机器厂，中富的人开分厂或附大厂，这样，穷民赖以养，物产赖以盈，钱币赖以通，己之富亦赖以扩充而愈厚。因此他还认为："理财者甚勿言节流也，开源而已。源日开而日亨，流日节而日困。"可见其批判崇俭黜奢是与重视刺激消费以广开财源来发展经济相联系的。

他还指出，一旦"君权废，民权兴，得从容谋，各遂其生，各均其利"，物产丰富了，人民生活改善了，社会经济生活就会尚乐、尚奢。谭嗣同这种见解在当时半殖民地半封建社会的中国具有一定的空想和超前性，他的一些观点未免失之偏颇，并非完全正确。但在一定程度上，却是符合资本主义社会经济发展的事实与规律的。

其次，谭嗣同在"仁"者求"通"的思想指导下，极力主张通商。他认为通商是仁的要求，不通商，不但道理上讲不通，情势也不允许。由于科技的发展，交通运输业的进步，缩小了世界各国间的距离，所以通商事业才得以发达。"故通商者，相仁之道也，两利之道也。客固利，主尤利也。"只有凭借通商，天下才能真正做到货畅其流。他主张发展中国民族资本主义经济，以扩大对外的商业贸易。

他这种见解是符合当时资本主义世界化发展趋势的。但是，他认为："西人商于中国，以其货物仁我，亦欲购我之货物以仁彼也。"这显然是只看到了西方资本主义国家对华贸易的积极性一面，而对其经济掠夺的侵略性认识不清。

参 与 新 政

　　此时，清朝的皇帝是年号光绪的爱新觉罗·载湉。不过，他是个傀儡皇帝，实权掌握在慈禧太后的手里。光绪始终不满于自己的傀儡地位，一心想夺回自己应有的权力。

　　维新运动掀起后，维新派主张变法图强，康有为还一再上书，提醒光绪帝不要做亡国之君。光绪及其周围的人觉得这是有利时机，可以利用维新派的声势从太后手中夺权。

光
绪

1898 年初春的一天，光绪便装去见他的八叔，庆亲王奕劻。奕劻是游离于帝、后两派之间的人物，只要你给他送的银子数目够，他谁的忙都帮。

　　奕劻先行了君臣大礼，光绪又以

我自横刀向天笑

——维新志士谭嗣同

家佣自称，命人抬
了礼进来，光绪指
着礼盒说：

"这些都是西
洋人送的小玩意，
八叔留着玩吧。"

"多谢皇上！"
奕劻知道，所谓小
玩意都是珠宝。

"我近来召见

慈禧太后

了康有为，朝内外议论纷纷，你怎么看？"光绪问奕
劻。

"皇上有志变法兴国，可喜可贺。"奕劻很狡猾，
只是恭维，不正面回答。

"可是，太后不容我放手去做，我有志又何用？"

"这个……不会吧？"奕劻说。

"太后如果还不把实权还给我，这个皇帝的宝座
我就不要了，我可不甘心做个亡国之君！"

奕劻明白了光绪的来意，然后如实地把这话传给
了慈禧太后。慈禧勃然大怒：

"好啊！他还不愿意要这个位置了，他知不知道，
我还不想让他当这个皇帝了呢！"

庆亲王奕劻

"太后息怒，他毕竟是皇帝，他要变法，也是为了咱们大清，你就让他试试吧！"奕劻急忙劝解。

经过奕劻多方说和，慈禧终于吐口了："那就让他去变吧，看他变不出模样时再说！"

奕劻得此懿旨，高高兴兴地去向光绪复命："太后不禁止皇上办事了。"

光绪得到西太后的许可，于1898年6月11日颁布《明定国是》诏书，宣布变法。从这一天算起到9月21日西太后发动政变，废除变法共有103天，历史上称作"百日维新"。

在变法期间，光绪皇帝根据康有为、梁启超、谭嗣同等人的建议，颁布了一系列变法诏书和谕令。主要内容有：经济上，设立农工商局、路矿总局，提倡开办实业；修筑铁路，开采矿藏；组织商会；改革财政。政治上，广开言路，允许士民上书言事；裁汰绿营，编练新军。文化上，废八股，兴西学；创办京师大学堂；设译书局，派留学生；奖励科学著作和发明。这些革新政令，目的在于学习西方文化、科学技术和经营管理制度，发展资本主义，建立君主立宪政体，使国家富强。

百日维新的第三天就有人上书向光绪皇帝推荐谭嗣同。

是谁这么了解谭嗣同呢？原来上书推荐谭嗣同的是侍读学士徐致靖，他是湖南学政徐仁铸的父亲。由于徐仁铸经常向父亲提起谭嗣同及其领导湖南维新运动的情况，徐致靖非常佩服，因而以身家性命做保，向皇帝举荐谭嗣同，这样才有皇帝的诏书发到湖南。

谭嗣同接到圣旨很高兴，他可以借此摆脱焙茶公司的事务，到更大的范围内去从事变法维新这一神圣事业。但他非常冷静，在湖南新、旧两党的斗争就这样激烈，北京的情况又会怎样呢？他深知此去凶吉未卜，前途难料，谭嗣同想起了浏阳老家的妻子，这一别不知何时再见，想到这儿，他提起笔来给妻子写信：

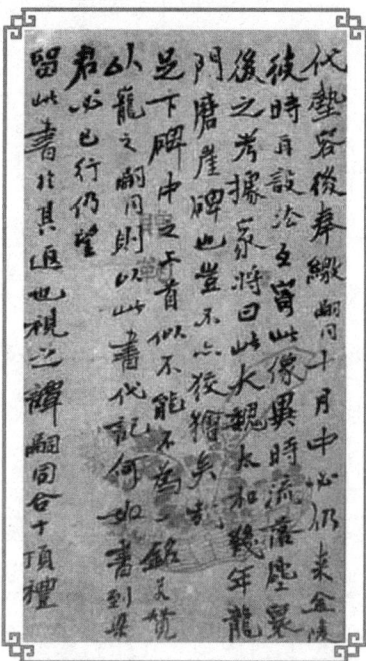

"此次进京，实属意料之外。我已视荣华如梦幻，视死辱为常事，前途如何我不计较，你也不要计较。为了国家和民族的命运，即使赴汤蹈火，我也毫不畏惧！你和侄儿多保重了！"

谭嗣同似乎已经预感到等待他的并不是高官厚禄，而是残酷的斗争。

8月21日，谭嗣同到达北京，住进父亲当年住过的浏阳会馆。这个浏阳会馆位于北京宣武门外北半截胡同里，正是谭嗣同当年出生的地方。康有为住的南海会馆也在宣武门外，离谭嗣同的住处很近。

此时，康有为已被皇上任命为对外办事机关的秘书，职务虽然很低，但允许他直接上书皇帝，不必经过有关部门，这就实际给了他领导变法的地位。谭嗣同与康有为志同道合，又住的相近，往来很多。他们经常在一起商议各项办法，对如何变法，变法的步骤都有所讨论，有时甚至彻夜不息。

1898年9月5日，谭嗣同早早就起了床，刚吃过早饭，康有为、梁启超就到了，他们是来为谭嗣同壮行的。

"复生，今天面见皇上穿戴可讲究多了啊。"梁启超笑吟吟地说着，从头到脚地打量着谭嗣同。只见谭嗣同头戴红顶帽，身着蓝色长衫，腰系官带，脚登朝靴，一身的清装打扮。

谭嗣同被看的不好意思了，红着脸说："这身官服我一直没穿过，今天就不得不穿了。"

"应当穿，应当穿，江苏候补知府，面见皇上怎么能不穿官服，"康有为一本正经地说，"你今天责任重大，不仅要让皇上知道你的忠心，还要尽力向皇上陈述我们的变法主张，让他加快变法的步伐。"

"康先生放心，我一定力陈变法的迫切性，促动皇上迈大步子。"

谭嗣同带着康有为的嘱托，乘四人小轿，出宣武门入紫禁城，在上午10点半来到了金銮殿。

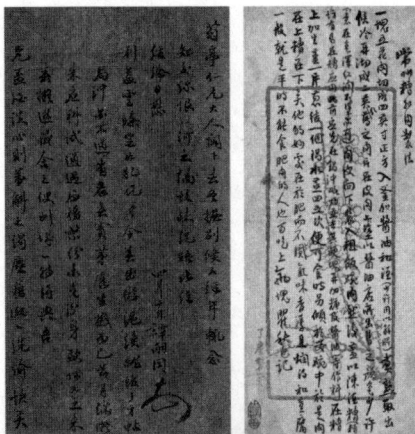

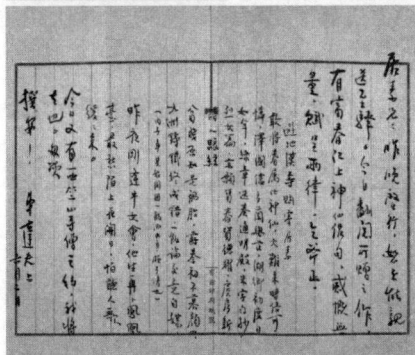

"你就是浏阳谭嗣同?"光绪问。

"是。"谭嗣同答。

"有人奏称你在湖南变法维新大有作为,可有良策说与朕听?"光绪又问。

谭嗣同抬起头来用平视的目光看着光绪,把自己所见、所学、所想一股脑地陈述出来。

最后,他这样说:

"变法是世界大势所趋,只有变法才能富国、强国。今天中国变法,不仅要变事,更重要的还在变理,要向西方那样实行君主立宪,让所有人都爱惜江山,保卫江山,建设江山,到那时国富民安,天下太平。"

在谭嗣同陈述的时候光绪一直专心地听,当谭嗣同讲到变法前景时他满意地点着头:"好,朕封你为四品卿,入军机处,专办变法事务。以后你想要上奏什么就上奏什么，只要可行，我都采纳。"表示了对谭嗣同特殊的赏识。

当天与谭嗣同一起被召见的还有杨锐、林旭、刘光第，也受封入军机参与变法，历史上称为"四小军机。"

这一夜谭嗣同没能入睡，他对变法维新充满了希望，祖国将通过变法而走上富强，人民将通过维新被拯出苦海，谭嗣同无限振奋，眼前一片光明。

按照官场的旧俗，每个新上任的官员都要去领班大臣家谒见、送礼，表示敬意，然后才能到差办事。谭嗣同想，变法革新就是要去除旧习，他们应当带头开新风，几个人商量了一下，谁也没去军机大臣家求见。

第二天，4人到了军机处。那时办公场所都是满汉分席，满族人和满族人坐在一起，汉族人和汉族人坐在一起，谭嗣同4人都是汉族就先到了汉席，领班大臣站起来冷冷地对他们说："我们都是些旧人物，办旧事的，你们到别处去吧。"

他们又到了满席，满族

领班也是同样的态度:"我们都是满种,你们可不能进来参与!"

面对权贵的刁难,谭嗣同非常气愤,他和林旭一起上前责问两个领班:"我们也是朝廷命官,总应该有我们办公的位置吧。"

在他们的严厉指责下军机处才在满、汉之间为他们设了办公桌。

谭嗣同每天阅读大量的奏折,凡是有关新政的都由他拟出处理办法,虽然顽固派重重阻厄,他仍然勤恳工作,不为所惧。但是,随着参与变法时间的延长,谭嗣同的心又被一层暗淡的愁云笼罩了。百日维新以

中日甲午战争以后,维新变法运动兴起,要求废科举、兴学堂。1897年湖南时务学堂创办,后相继改名求实书院、湖南大学堂。1903年与岳麓书院合并改为湖南高等学堂。

——维新志士谭嗣同

我自横刀向天笑

来，光绪发下了不少上谕，
从奖励工商到废除科举，从
裁减官员到清除旧俗，基本
上都是雷声大雨点小，甚至
干打雷不下雨。西太后表面
上退居颐和园，每日听歌看
戏，实际上朝中每一项举措，
光绪都得先请示而后才能实

谭嗣同

行，仍旧是个傀儡。地方上的大臣都仰承慈禧的鼻息，
在他们的眼里光绪的地位还不如慈禧的太监李莲英。
对光绪推行新政的谕旨，他们或是表面应付不去实行，
或是干脆找借口加以拒绝，所以看起来一道又一道的
新政谕旨似乎如雷贯耳，而真正落下雨点的却少得可
怜。

　　谭嗣同早就听说光绪无权，可他总不能确信。历
来皇帝都是一国之尊，就算有太后干涉也不至于就无
权吧。然而下面这件事就使他不能不相信了。

　　一天，康有为向光绪提议，效法康熙，乾隆朝开
懋勤殿议事的做法，重开懋勤殿作为议政厅，议行各
项新政。光绪非常赞同：

　　"康卿所言极是，朕即设法实行。"说着他命令身
边的侍臣："快去取历朝上谕档案来。"

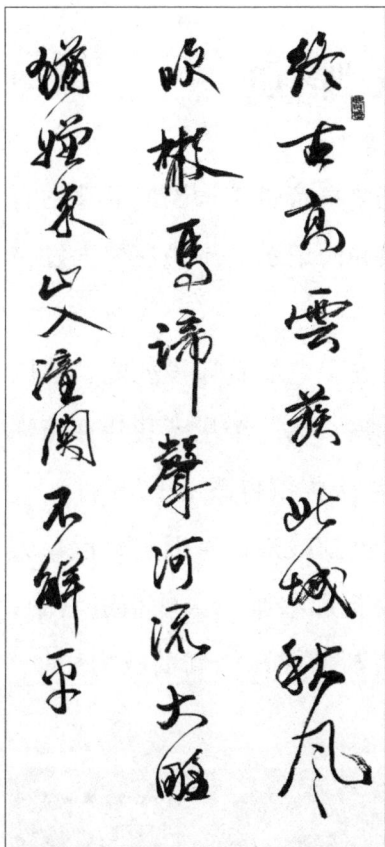

跪在大殿上的康有为、谭嗣同不解其意，疑惑地对视了一下，却又不好问。

不一会儿，两个侍官各抱了几大本档案回来，放在光绪面前。光绪看看这些档案，很高兴地对谭嗣同说："谭卿，你马上摘出康、乾、咸三朝开懋勤殿的故事，我去说服太后准许实行。"

光绪以为档案作为祖宗之法，提供了他说服慈禧的依据，所以很高兴。但是，捧着一大探档案的谭嗣同心里却是沉沉的。皇上真无权啊！依靠这么个傀儡皇帝变法能有希望吗？谭嗣同的眼前立即浮现出一张张饥黄愁苦的脸，浮现出一艘艘耀武扬威的外国军舰，如果变法不成，靠什么去救那些穷苦的百姓，又靠什么去抵制虎视眈眈的侵略者！他的心颤抖了。

081

我自横刀向天笑

——维新志士谭嗣同

戊戌喋血

1898年9月14日，光绪皇帝带着谭嗣同起草的有关开懋勤殿的谕旨前往颐和园请示。不想慈禧大发雷霆，指着光绪大骂起来：

"小子，你想玩弄天下，老妇我还没死呢？你以为撒开我你就可以办事了吗？你这个皇帝我让你当你就是皇帝，我不让你当，明天你就得滚下来！"

西太后最懂权术，开懋勤殿是祖宗旧制，但今天如果让光绪重开，他就会把那些维新人物请进宫中，大小事都交他们议处，渐渐形成一个新的权力中枢，从而剥夺她手中的权力。

圆明园原貌

故居的塑像

光绪被痛骂了一顿，带着惊恐的心情回到皇宫，他越想越觉得情势严重了！他急忙写了一道密旨："朕位不保，请设法相救！"让杨锐带出宫交给谭嗣同等人。杨锐看了密旨吓得惊恐万状，根本没去找谭嗣同。

再说谭嗣同，他听小道消息传说，西太后要携光绪到天津阅兵，到天津后，由太后的亲信荣禄（直隶总督兼统北洋三军）举行兵变，废除皇帝。谭嗣同得到这个消息立即去找康有为商量。"皇上没有兵权，一旦发生事变，我们恐怕难以应付。"谭嗣同说。

"我这几天也在想，没有武装力量的支持维新运动难以成功，只是……"康有为沉思了一下，"哪一支武装能支持变法呢？"

"你们看袁世凯怎么样？"一直没有说话的梁启超突然提出了人选，"他手上有新建陆军7000人，我和先生在北京创办强学会时，我记得他还花了2000个大

我自横刀向天笑
——维新志士谭嗣同

洋报名呢。"

"嗯，不错，他那时还找人给我送过帖子表示敬意。"康有为说。

"那我立即给皇上上一道密折，要皇上设法笼络袁世凯，以备不测之变。"谭嗣同见他们这样说，马上作出决定。

光绪接到密折，像抓住了救命的稻草，立即下旨召见袁世凯，并赏他侍郎官衔专办练兵。

但是，形势的变化已不容光绪做更多的准备，请杀康有为的上书越来越多，9月17日光绪写了密语，让康有为迅速离京，保住性命以图将来。密诏写好后，由林旭带出。

这一夜，天色阴暗，空中连一颗星星都没有，谭嗣同只觉得心烦意乱，疑惑重重。他命人点着灯笼，随他一同去南海会馆。谭嗣同想再和康不为、梁启超商量一下，如何对付太后的进攻。

康有为一个人在书房里踱来踱去，神色很不安，见谭嗣同进来忙问：

阴险狡诈的袁世凯

"复生，没什么事吧？"

"没有，我在家闷得慌，来和先生坐坐。"谭嗣同见康有为的神色，不愿再加重他的不安。

"好，我也正想找你们说话。"康有为又对倒茶的仆人说："你快去把卓如找来。"

就在这时，一个黑衣人匆匆闯进了书房，此人正是林旭，他怕有人跟踪，特意化了装。

"康先生、复生，大事不妙了！皇上让我们想法救他，还让康先生快逃出京城。"林旭非常紧张，说着拿出了两道密诏。

康有为看罢先哭了起来："可怜我的皇上这个时候还记挂着我，可我拿什么报答皇上啊！"

谭嗣同也流泪了："我原指望皇上大权在握，只要

我自横刀向天笑

他有志变法救国救民，中国就有希望。不想他毫无实权，反倒要我们几个书生保护！苍天啊，中国的黎民百姓可怎么办啊！"

不一会儿，梁启超也来了。他读了密诏，看看老师，又看看谭嗣同，一句话也没说，也大哭起来。

"我想明日去见袁世凯，"谭嗣同先收住了泪，"说服他杀荣禄，除太后，挽救目前的危局。"

"现在只有靠袁世凯了。"康有为表示赞同。

事出紧急，大家也想不出别的办法，只好把皇帝、自己以及变法运动的命运，孤注一掷地压到了袁世凯身上。

9月18日深夜，谭嗣同身穿夜行衣，走街串巷，

独自来到法华寺，这正是袁世凯此番来京居住的地方。

谭嗣同没走正门，从后院的一棵树上跃进墙内，然后跳上房顶，径直闯进了袁世凯的客房。

"你，你是谁？"袁世凯被这个突如其来的不速之客吓坏了，一连后退了几步。

谭嗣同见没有外人才解下面巾，袁世凯这才认出原来是巡抚公子，朝廷新贵，刚要抱拳施礼，谭嗣同忙摆手制止，开门见山地问道：

"这次进京，你认为皇上这个人怎么样？"

袁世凯一愣，忙正色回答："皇上发奋图强，是世上少有的英明君主。"

"荣禄想借天津阅兵之机废掉皇帝，这事儿你可知道？"谭嗣同进一步问。

我自横刀向天笑
——维新志士谭嗣同

　　"听到一些，不过，只是一些不可靠的传闻吧。"
袁世凯不肯定的回答。

　　谭嗣同拿出了光绪的密诏，袁世凯看完，吓得满
头是汗，疑惑地看着谭嗣同。谭嗣同说：

　　"今天能救皇上的，只有你袁大人。我来是要你
先杀荣禄，然后兵围颐和园，保住皇帝。事成后直隶
总督的位置给你。"

　　袁世凯的脸色变得灰白，看样子是惊呆了。谭嗣
同不容他回话，接着说："如果你愿意就救皇帝，保护
圣主。如果不愿意就到太后那里告发，也可以得到荣
华富贵。"谭嗣同的眼里闪着咄咄逼人的光，直直地瞪
视着袁世凯。

　　袁世凯是何等狡猾的人物，他立刻明白了谭嗣同
的来意，马上声色俱厉地说：

　　"你把我袁某当成什么人了，皇上是我们共同拥
戴的圣主，我与你同受皇上的恩宠，救皇上不但是你
的责任，也是我的责任，这事我一定万死不辞。"

　　谭嗣同见袁世凯这般慷慨，大为感动，立刻与袁
世凯拉近了距离．袁世凯又说：

　　"不过此事还得从长计议，如果皇上在阅兵时能
到我兵营中，下旨除奸臣，我一定奉旨行事。荣禄这
老贼，杀他还不像杀条狗一样吗！"

谭嗣同的心情很急切："皇上的性命已危在旦夕，只怕等不到阅兵，能不能提前行动？"

袁世凯略停了一下似乎在思考，然后搪塞说："现在营中的枪弹都在荣禄手里，我手下还有几个将官是守旧人物，我必须先回去设法更换将官，贮备弹药，再做打算。"

襟怀坦荡的谭嗣同信以为真，认为自己大功告成，与袁世凯告别时再三嘱咐，不可误事，然后，充满信心地向康不为、梁启超等人汇报去了。

9月20日，光绪按照原订计划再次接见了袁世凯，让他抓紧练兵，保卫国家，袁世凯表示一定尽忠尽责，报效皇上。离开皇宫，袁世凯一刻投停，立即乘车返回天津，当晚就向荣禄告密了。

荣禄听后吓得面如土色，连夜赶车进京，直奔颐和园西太后的寝宫，他一见太后"扑通"跪倒："大事不好了，皇上要杀奴才和太后了。"荣禄故意激怒慈禧，添枝加叶地把软禁太后，说成杀太后。

慈禧太后听了荣禄的密报，气得全身颤抖，"好！看看咱们谁先死！"她咬牙切齿地说："起驾，立即回宫。"

西太后的銮驾深更半夜地出发了，几个小时后，天才蒙蒙亮，她就由西直门进入皇宫。光绪听说太后

我自横刀向天笑
——维新志士谭嗣同

到了，预感到大事不妙，他刚要出去接驾，慈禧已带人闯了进来。

"我抚养你20多年，今日长大了就听信小人的谗言，想要谋害我，你的心让狗吃了吗？"

光绪只是叩头流泪答不上话来，好久才回答说："我没想谋害你。"

西太后吐道："傻小子，你不想想，没有我，能有你当皇帝的份儿！"西太后大发一通淫威，当即将光绪幽禁起来，仍由她临朝听政。百日维新失败了。

京城的空气顿时紧张起来。康有为在前一天就离开京城，梁启超也避入日本使馆。谭嗣同不走也不避，忙着找人救光绪，但一连跑了几天都无结果。

9月23日夜，谭嗣同的故友大刀王五身着夜行衣

来到浏阳会馆，只见谭嗣同一脸迷茫地坐在书房里。

"复生，快准备一下，今夜我送你出城。"

"谢谢你这时候还到我这儿来。不过，我不想走。"

"不走？"王五睁大了眼睛。

"嗯。"谭嗣同沉沉地点了点头。"变法是轰轰烈烈的大事，能这样悄声悄气地走吗？"

"那你？"王五很快明白了谭嗣同的意思，急切地和他争辩起来，但不管王五怎么说，谭嗣同执意不走。

戊戌六君子喋血菜市口

我自横刀向天笑

——维新志士谭嗣同

第二天，两个日本朋友来到浏阳会馆，劝谭嗣同东渡日本，谭嗣同再次拒绝了。他说：

"你们各国的变法事业，没有不是经过流血斗争而成功的。今天中国还没有为变法而流血的，所以中国贫弱不强，如果有为变法而死的人，那就从我谭嗣同开始。"表达了自己为变法而献身的决心。

9月25日，一大队清兵包围了浏阳会馆，他们知道谭嗣同会武功，一个个荷枪实弹，非常紧张。谭嗣同在屋里看得清清楚楚，他早就做好了准备，从容地走出了大门。清兵见他这样，以为设了什么圈套，竟不敢上前。谭嗣同仰天大笑："哈哈！看你们胆小如鼠的样子，给我前面带路！"

当天，与谭嗣同一起被捕的有杨锐、林旭、杨深秀、康广仁、刘光第。

1898年9月28日，天色阴沉昏暗，6辆囚车缓缓地从北京街市上驶过。在菜市口的刑场上6口铡刀一字排开，刽子手们袒胸露腹，满脸凶相。

谭嗣同从囚车上走下来，环视着成千上万的围观者，他昂着头，拖着沉重的脚镣，一步一步走向铡刀，在铡刀前他停下了脚步，再次环视围观的人群。突然，他昂首大笑，接着高声喊道：

"有心杀贼，无力回天，死得其所，快战！快哉!"

这时,天空电闪雷鸣,大雨倾盆,年仅34岁的谭嗣同,慷慨就义。

谭嗣同在民族危机的严重时刻,投身改革救中国的洪流。他一方面创作了《仁学》,向君主专制制度挑战,向封建伦常观念进攻;一方面积极领导维新运动,挽救垂危的民族,挽救苦难的民众。为了带给祖国一个光明的未来,紧要关头,他挺身而出,用自己的鲜血激励后人,把宝贵的生命献给了变法事业。

谭嗣同墓

谭嗣同和王五密谋救出光绪

9月20日，慈禧太后发动政变，囚禁光绪皇帝。谭嗣同和王五密谋救出光绪，希望在23日晚上能够扭转乾坤，再建新政。由守卫瀛台的六名太监为内应，王五带十几位武林高手扑宫。这些武林高手，平时飞檐走壁，十分厉害，但面对皇宫禁苑，却一开始就遭受了重大挫折，在进入大前门、正阳门、宣武门时伤亡惨重，到半夜只剩下三五人，而最后只有王五一人进入内苑。但在这个时候，他却犯了一个致命的错误，把中南海地图弄丢了，只记得瀛台在南海中央，于是开始寻找一个四面环水的楼台。而就在此时，几名内应太监等得心焦，也沉不住气了，半夜起来，悄悄叫醒皇帝，放下吊桥，企图逃出瀛台，结果全部被值宿禁卫拿获。正在寻找瀛台的王五，听到人声喧哗，灯火齐明，知道大势已去，无奈之中抱恨逃出宫来。

谭嗣同为什么不逃走

1898 年，以康有为等人为首的维新党人在光绪皇帝的领导支持下进行了维新变法。变法遭到了以慈禧太后为首的守旧派的强烈反对。9 月 21 日（戊戌年八月初六）慈禧太后将光绪皇帝囚禁于中南海瀛台，再次临朝"训政"。戊戌变法失败后，清政府搜捕维新党人。康有为逃离北京。为了确保康有为能够安全脱险，梁启超到日本驻华使馆请求帮助。第二天（戊戌年八月初七）谭嗣同也来到日本使馆，劝梁启超逃出北京城，东渡日本暂时躲避。梁启超劝谭嗣同共同出走暂时躲避。谭嗣同说："我与你不同。理由是：一、大概往后这十年八年，国内没有我们的立足地；二、我父亲在官，我跑了，一定会株连家属；三、我有肺病，寿命不会很长了；四、世界史先例，政体转变，无不流血，让我来做个领头人吧。"谭嗣同说完这些话后，与梁启超相拥后，大步而去。

我自横刀向天笑
——维新志士谭嗣同

戊戌变法后慈禧要斩七人 缘何只有"六君子"?

1898年，戊戌变法失败以后，谭嗣同等六人在北京菜市口刑场慷慨就义。他们就是中国近代史上有名的"戊戌六君子"。

然而很少有人知道，慈禧太后最初要处斩的不是6个人，而是7个人，那第七位君子就是当时官至二品的礼部右侍郎徐致靖。

徐致靖（1826—1918），字子静，江苏宜兴人，思想开明，拥护革新，曾给光绪皇帝上过有名的《人才保荐折》，保荐过康有为、梁启超、谭嗣同、张元济等维新人士。当年慈禧发动戊戌政变，囚禁光绪皇帝，大肆逮捕维新派官员。徐致靖也进了监狱。

慈禧亲笔批文立即斩决的头一个人就是徐致靖。李鸿章与徐致靖的父亲是同科进士，又是密友，私交很深。李鸿章就想方设法救徐。他知道自己出面救徐致靖不妥，只好求慈禧的红人荣禄帮忙。碍于面子，荣禄只好向慈禧说情。不料慈禧大怒，责怪荣禄为帝党开脱。荣禄马上跪地申诉说徐致靖只是个书呆子，根本不懂得新政，只是在维新派里唱昆曲、玩围棋而已，而且在宣布维新后的3个月内，皇帝一次也没有召见过他。

慈禧立即派太监查询。因宫廷规定，皇帝召见任何人都要有记载，一查便知。太监核查后回报说：3个月内皇帝确实没有召见过徐致靖。这下慈禧稍有转色，再加之荣禄是她最宠信之人，慈禧就改判徐致靖为"监候"（即死缓）。

徐致靖大难不死，"戊戌七君子"变为"六君子"。徐致靖出狱后，一直居住在杭州，改名徐仅叟，意思是"六君子"被害，刀下仅存的老朽。

我自横刀向天笑

谭嗣同的历史地位

谭嗣同作为中国资产阶级的代表，其对于中国革命事业的积极作用不可否认。对于谭嗣同的历史地位也一直是各个学者探讨的重要问题。朱亚宗对谭嗣同的历史地位做出新探。他认为，谭嗣同是在西方强势文化与中国传统文化激烈冲突的时代形成其心物二元论的，其政治思想则经历了由缓进到激进的转变。李细珠从谭嗣同一生为传统功名所累这一新的角度，在分析其戊戌进京前后思想变动的基础上指出，谭嗣同属于传统士人向现代知识分子的过渡人物。在他的身上，既有现代知识分子的理想追求，又有传统知识分子的人生关怀，其近代人格具有严重的传统限制。陈寒鸣认为，可以从三个层面来体认并确立谭嗣同的历史地位。政治行为的实践层面表明谭嗣同不仅是戊戌变法的中心人物，更是一位卓立敢死的斗士；政治思想层面展示出谭嗣同的主张反动，已超越了维新变法的范畴，从而具有了资产阶级革命的性质；从文化角度来看，谭嗣同的启蒙思想，既为救亡图存，亦为谋求中国思想文化的近代化。王兴国从区域文化的角度界定谭嗣同的地位，指出，谭嗣同开湖湘现代爱国主义之先河，将近代湘人学习西方推进到一个新的阶段，并且弘扬了湖南人的"特别独立之根性"，将理学经世派与今文经学经世派加以调和。在对于"谭嗣同对后世的影响"这个问题上，学者们主要关注的是其思想行动对革命派与革新派的启发意义。

中华魂·百部爱国故事丛书
提　　要

《誓与禁烟相始终——民族英雄林则徐》

林则徐严禁鸦片，坚决抵抗西方列强的侵略，坚持维护国家主权和民族利益。他是中国近代历史上第一位睁眼看世界的人，是抗击帝国主义殖民侵略的第一人，是中华民族抵御外侮过程中伟大的民族英雄。

《血洒虎门御敌寇——抗英将军关天培》

民族英雄关天培，在第一次鸦片战争中为了抗击英国侵略者的入侵而血洒虎门，为国捐躯，谱写了一曲可歌可泣的英雄赞歌。关天培用他的生命，书写了中国人民反抗外侮的历史。

《威震镇海靖节魂——抗敌英雄裕谦》

在第一次鸦片战争期间的众多牺牲者中，有一位官阶最高，他就是两江总督裕谦。裕谦与外国侵略者斗争立场坚定，与国内妥协派、投降派斗争态度坚决。裕谦督战镇海，与英国侵略军浴血奋战，临危不惧，以身报国，浩气长存。

《斩邪留正解民悬——太平天国领袖洪秀全》

农民出身的洪秀全，从失意文人到起义领袖，经历了长期的思想演变过程，在外敌入侵、清朝政府腐朽的历史环境之下，顺应时代的潮流，成长为一位非凡的历史英雄人物，建立了与清朝政府相抗衡的农民政权——太平天国。

《仰承汉唐　荟萃中外——近代数学家李善兰》

李善兰是我国19世纪重要的科学家之一，在数学、天文学、力学等方面都有重大建树。他继承了我国古代数学的成就，又以极大的热情传播西方科学文化，"仰承汉唐，荟萃中外"，把自己的一生献给了科学事业。

《严谨治学　勇于探索——近代著名数学家华蘅芳》

华蘅芳，中国近代数学家之一。其精通中国古算学，并熟练掌握西方近代数学，是中国验证抛物线并著书立说的参与者。为了证明"外国有的，中国也能造"而鞠躬尽瘁，在引进西方科学技术、传播科学知识上贡献卓著。

《折冲樽俎护山河——近代著名外交家曾纪泽》

曾纪泽是中国近代史上著名的爱国外交家，在中俄伊犁交涉事件中，他秉承抵抗列强、保卫国家的坚定意志，利用外交手段全力同沙俄抗争，捍卫了国家主权、民族尊严，收回了祖国的领土，在近代中国外交史上留下了光辉的一页。

《甲午海战留英名——民族英雄邓世昌》

邓世昌，北洋水师名将。本书以邓世昌的成长过程为线索，以代表性的历史故事为主要内容，还原真实的历史事件，突出鲜明的人物性格。邓世昌因在中日甲午海战中突出的英雄气概而名垂史册，书写了伟大的爱国主义篇章。

《誓与舰队共存亡——北洋水师提督丁汝昌》

丁汝昌处在清朝政府的腐朽和李鸿章的专断下，难以施展爱国的抱负，壮志未酬，愤恨而终。但丁汝昌为建立近代海军作出的巨大贡献，带领北洋舰队爱国官兵勇抗强敌的英雄事迹，将永远为后代所传颂。

《镇南关上凯歌扬——抗法老英雄冯子材》

1885年中法战争中，年逾古稀的冯子材为抵御外国侵略，勇赴国难，大败法军于镇南关，并乘胜追击，接连收复文渊、谅山等地，从根本上扭转了中法战争的局面，成为近代民族英雄的杰出代表。

《屡败法军逞英豪——黑旗军将领刘永福》

刘永福是黑旗军的创建者，是农民出身的杰出军事家、政治活动家。在19世纪发生的援越抗法、中法战争中，他率部与帝国主义侵略者进行了殊死的战斗，建立了卓越的功勋，成为我国近代史上著名的民族英雄，为后世所景仰。

《矢志变法强国家——戊戌变法领袖康有为》

康有为是清末民初最有影响力的思想家之一。他领导了中国知识界的启蒙运动，掀起了一场自上而下的政体改革。他最早在中国提出了立宪政体和具体的宪政方案，主张在坚持儒家传统和帝制的前提下，学习西方经验，他的进步思想对近代中国具有深远的影响。

《开民智以报国　普新知而图强——戊戌变法思想家梁启超》

梁启超，中国近代史上著名的政治活动家、启蒙思想家、史学家、文学家，戊戌变法领袖之一。本书以百日维新思想家梁启超的成长过程为线索，以代表性的历史故事为主要内容，还原真实的历史事件，突出鲜明的人物性格。

《我自横刀向天笑——维新志士谭嗣同》

谭嗣同在民族危机的严重时刻，投身改革救中国的洪流。为了带给祖国一个光明的未来，紧要关头，他挺身而出，用自己的鲜血激励后人，把宝贵的生命献给了变法事业。

《睡乡敢遣警世钟——用生命警策国人的陈天华》

陈天华是民主革命的活动家和宣传家。他写的《猛回头》《警世钟》等书，起到了革命启蒙的重大作用。为了激发留日学生的爱国情怀，他不惜投海自杀，演出了近代史上感人至深的一幕，给后人留下了难忘的印象。

《革命军中马前卒——民主斗士邹容》

革命乃"至尊极高，独一无二，伟大绝伦之一目的"；它是"天演之公例，世界之公理，顺乎天而应乎人"的伟大行动。因此，必须"仗义群兴革命军"。他激情高呼："革命独子万岁！中华共和国万岁！"这就是《革命军》的作者，中国近代著名资产阶级革命宣传家邹容。

《休言女子非英物——鉴湖女侠秋瑾》

为民族解放和妇女解放而英勇斗争的秋瑾，冲破封建礼教的思想牢笼，打碎封建精神枷锁，崇仰真理，追求光明，主张共和，坚持男女平等，最终献出了自己年轻的生命。

《血溅校场　杀身成仁——民主斗士徐锡麟》

本书讲述了反清志士徐锡麟弃文从武、投身反革命事业，最终被清政府杀害的故事。出于对国家的热爱，徐锡麟献出自己的生命，他的事迹将永远激励后人深切缅怀这位民主革命的先驱。

《生可死耳　我志长存——献身民主的禹之谟》

禹之谟，民主革命党人，同盟会会员，近代资产阶级革命家、实业家。1886年，20岁的禹之谟"提三尺剑，挟一卷书"游历四方，研究西方社会政治学说，忧国忧民之心日趋强烈。戊戌变法失败，他丢掉改良幻想，倡革命救亡之说，走上民主革命道路。

《物竞天择　适者生存——资产阶级启蒙思想家严复》

严复是中国近代著名的启蒙思想家、翻译家和教育家。他长期从事教育和翻译事业，为近代中国人才培养和思想启蒙做出了重要贡献，同时他也为中国的翻译事业和中西思想文化交流做出了重要贡献。

《辛亥革命急先锋——资产阶级革命家黄兴》

黄兴，清末民初资产阶级革命家，中华民国开国元勋。黄兴在武昌首义及辛亥革命时期的爱国表现，与孙中山闻名于当时，常被时人以"孙黄"并称。本书以资产阶级革命活动实干家黄兴的成长过程为线索，歌颂了先辈伟大的爱国主义精神。

《矢志革命　百折不回——近代民主革命家廖仲恺》

廖仲恺追随孙中山踏上了创立民国与捍卫共和制的旧民主主义革命

之路；在新民主主义革命时期，他为建立、巩固首次国共合作和实施三大政策，英勇奋斗，为国殉职，洒尽了一腔热血。

《将军拔剑南天起——护国英雄蔡锷》

蔡锷是中国近代史上的杰出军事家、爱国者。他的一生短暂而伟大。辛亥革命爆发，他毅然投身于革命洪流之中，领导云南重九起义，对武昌起义积极响应。袁世凯窃国复辟、恢复帝制的阴谋暴露出来以后，他又毅然举起了武装讨袁的旗帜。

《反帝反封建运动——五四青年的爱国故事》

五四运动是一次伟大的反帝反封建的爱国运动；是一个伟大的历史转折点；是中国人民的斗争从挫折走向胜利的一个关节点，它为中国的前进开辟了一条全新的道路，拉开了中国新民主主义革命的序幕。

《思想自由　兼容并包——著名教育家蔡元培》

蔡元培是中国近现代著名的民主革命家和教育家，一生经历风雨，却始终信守爱国和民主的政治理念，致力于废除封建主义的教育制度，奠定了我国新式教育制度的基础，为我国教育、文化、科学事业的发展做出了富有开创性的贡献。

《为国家争光　为民族争气——中国铁路之父詹天佑》

詹天佑是我国最早的杰出铁道工程师，因主持建造京张铁路而闻名中外，被誉为"中国铁路之父"。他为祖国的铁路事业贡献了毕生的精力。本书向读者展示了詹天佑热爱祖国、科技兴国的辉煌人生。

《实业救国　衣被天下——轻工之父张謇》

张謇是爱国实业家、教育家。他年轻时中过状元。过了40岁，开始投身工商实业活动中，他的名言是"富民强国之本在于工"。在南通，创办大生丝厂、银行等各种实业。并将创办实业的大部分所得投入教育。他的观点是，教育和实业一样，也是"富强之大本"。

《心向革命　追求光明——平民将军冯玉祥》

冯玉祥将军"是一位从旧军人转变而成的坚定的民主主义战士"。

抗日战争期间，他辗转各地，用实际行动积极抗战。日本战败投降后，他为了断绝美国的援蒋内战，又在美国四处演说，揭露蒋介石统治之黑暗，痛斥美国阴谋分裂中国的不良行为。

《刑场上的婚礼——革命烈士周文雍　陈铁军》

周文雍是广州起义的主要领导人之一。陈铁军出身于华侨商人家庭，却毅然投身革命洪流。1928年1月，两人接受派遣，回到广州假扮夫妻从事革命斗争，却不幸被捕。临刑前，两位烈士将敌人的枪声当作自己婚礼的礼炮，用生命和爱情谱写出一曲千古绝唱。

《星星之火　可以燎原——井冈山斗争的故事》

1927—1929年，毛泽东、朱德等老一辈革命家，在井冈山创建了农村革命根据地，进行了艰苦卓绝的斗争，建立了新型革命武装，点燃了工农武装革命之火，找到了农村包围城市最后夺取政权的中国革命的正确道路。

《新民学会的主要发起人——中国共产党早期革命家蔡和森》

蔡和森青年时期曾与毛泽东等人一起组织进步团体新民学会，参加五四运动，并在赴法国勤工俭学时研读大量马克思主义著作，回国后以满腔热忱投身革命事业，成为中国共产党早期重要的理论家和宣传家。

《威震黄浦江畔　高奏抗日壮歌———·二八淞沪抗战》

面对日本侵略者的挑衅，十九路军在蒋光鼐、蔡廷锴的带领下，高举义旗，奋力一搏。一·二八淞沪抗战，是中国军人捍卫军人荣誉和祖国尊严所发出的吼声，谱写了一曲抗击日军侵略的英雄壮歌。

《将军恨不抗日死——慷慨就义的吉鸿昌》

在国难深重的20世纪30年代，吉鸿昌将军因拒绝执行国民党指示，坚决不打内战，被迫携眷出国"考察"。回国后，他加入中国共产党，组织了民众抗日同盟军，英勇打击日本侵略者，后于1934年11月被国民党反动派杀害。

《献身革命 甘于清贫——梅岭忠魂方志敏》

大革命失败后，方志敏凭着"两条半步枪"起家，身经百战，创建了赣东北革命根据地和红十军。本书真实记录了方志敏投身于革命、领导红军和敌人进行艰苦卓绝斗争的经历，歌颂了烈士贫贱不移、威武不屈、献身革命的高尚品质。

《奏响中华最强音——人民音乐家聂耳》

聂耳在他有限的生命中创作了数十首革命歌曲，在抗日救亡运动中，聂耳的这些歌曲产生了广泛深远的影响。他的音乐创作为中国无产阶级革命音乐的发展指明了方向，树立了榜样。

《横眉冷对千夫指——中国文化革命主将鲁迅》

鲁迅不但是伟大的文学家，而且是伟大的思想家和伟大的革命家。在那风雨如晦的黑暗年代里，他以笔为投枪，同一切帝国主义和反动派进行了顽强的战斗，为中国人民树立了一个不朽的丰碑。他是新文化战线上的一面光辉旗帜，是我们伟大民族的灵魂。

《铁流两万五千里——红军长征的故事》

红军长征是人类历史上的一次伟大的壮举。第五次反"围剿"失败后，中国工农红军的三大主力在极端艰难的条件下，突破国民党军队的围追堵截，进行了史无前例的战略大转移，总行程达两万五千里以上。途中发生了许多动人故事，至今令人难以忘怀。

《荣辱不移革命志——创建陕北红军的刘志丹》

刘志丹是杰出的无产阶级革命家、军事家，西北红军和西北革命根据地的主要创始人之一。他一生热爱人民，追求真理，英勇善战，百折不挠，艰苦奋斗，忠心赤胆，为创建红军和革命根据地、为中国人民的解放事业建立了不可磨灭的功勋。

《英名永存北平城——爱国将领佟麟阁 赵登禹》

1937年7月28日，日军向北平郊区发动进攻。第二十九军副军长佟麟阁奉命在南苑率部与日军苦战，腿部受伤，头部被敌机炸伤，壮烈殉国。第一三二师师长赵登禹指挥部队顽强抵抗日军，右臂中弹负伤，仍继续作战。后在转移途中遭日军截击而牺牲。

《八百壮士　四行仓库铸军魂——谢晋元和他的战友们》

八一三抗战，中国军人以血肉之躯揭开全面抗战的帷幕。这是一场血战，是中国军人不屈不挠的英雄诗篇，其中的八百壮士守四行，成为这首英雄颂歌中最动人、最凄美的音符。一曲四行保卫战，铸就了不屈的军魂。

《八女投江　气贯长虹——八位抗联女战士》

抗日战争时期，以冷云为首的东北抗日联军8名女战士，为捍卫民族尊严，面对凶残的日寇，镇定自若，宁死不屈，投江殉国，表现了中华民族同敌人血战到底的英雄气概。她们的光辉形象，激励着千千万万的后来人。

《艰苦抗战　威震敌胆——著名抗日英雄杨靖宇》

杨靖宇将军是我国著名的抗日民族英雄。曾先后担任磐石游击队政治委员、东北抗日联军第一军军长兼政委、抗日联军总司令等职。领导军民对日寇坚持了长达9个年头的艰苦卓绝的斗争，最终以身殉国。

《死也不当亡国奴——镜泊抗日英雄陈翰章》

陈翰章，从1932年8月投笔从戎，直到1940年12月8日为抗击日本侵略者，战死在镜泊湖畔。他在抗日疆场上奋战了九年，他那可歌可泣的英雄事迹将为人们永世传颂。

《名将殉国　气壮山河——抗日将军张自忠》

著名抗日将领、民族英雄张自忠，生于忧患的时代，抱有"宁为百夫长，胜作一书生"的志向，经历过失败与低谷，最终成就了慷慨人生。本书主要以人物活动为主，勾画出一个真正的"民族魂"鲜活的人生，会带给读者振奋的力量。

《宁死不辱战士名——狼牙山五壮士》

1941年日寇在河北易县"扫荡"。为掩护群众和主力部队撤退，五位八路军战士毅然把敌人引上了狼牙山棋盘坨峰顶绝路。弹尽粮绝、无路可退，五位英雄纵身跳下了万丈悬崖，用生命和鲜血谱写出一曲惊天地泣鬼神的壮举。

《太行浩气传千古——抗日名将左权》

左权，中国工农红军和八路军高级指挥员，著名军事家。是八路军在抗日战场上牺牲的最高指挥员。名将阵亡，太行山为之垂首，全党为之悲痛。周恩来称他"足以为党之模范"，朱德赞誉他是"中国军事界不可多得的人才"。

《虎将兴关外 抗倭统雄师——抗联英雄赵尚志》

本书描写了久经考验的共产党员、东北抗联的创建者和主要领导人赵尚志，在艰苦卓绝的条件下，坚持抗战，威震敌胆，战功卓著，忍辱负重，忠贞不屈，为国捐躯的英雄故事，为青少年读者呈上一部爱国主义的佳作。

《黄埔之英 民族之雄——抗日名将戴安澜》

抗日名将戴安澜，先后参加保定、漕河、台儿庄、武汉、昆仑关等战役，作战英勇，屡建奇功；入缅作战，"扬威国外，藉伸正义"；守东瓜，复棠吉；殒身缅北，遗恨丛林，马革裹尸，成就了光辉的一生。

《爱国志士 民主先锋——新闻出版家邹韬奋》

本书讲述了邹韬奋献身新闻出版事业的奋斗历程，展现了一位新闻工作者坚定的革命信念和炽热的爱国主义精神，全心全意为人民服务、为读者服务的奉献精神，歌颂了他的高尚情操和优良品质。

《为抗战发出怒吼——人民音乐家冼星海》

人民音乐家冼星海，青年时期在巴黎求学，饱尝屈辱与磨难；学成后毅然回到多灾多难的祖国，用满腔热忱谱写激昂的音乐，鼓舞中华儿女的斗志；奔赴延安，谱写出不朽的名作《黄河大合唱》，发出中华民族抗日救亡的怒吼。

《全民皆兵　抗击日寇——抗日战争的故事》

中国人民进行的十四年抗战，是一百多年来中国人民反对外敌入侵第一次取得完全胜利的民族解放战争。这场战争是以国共两党合作为基础，有社会各界、各族人民、各民主党派、抗日团体、社会各阶层爱国人士和海外侨胞广泛参加的全民族抗战。

《捧着一颗心来　不带半根草去——人民教育家陶行知》

陶行知是我国现代教育史上伟大的人民教育家、教育思想家。他从青年起就立志献身教育事业，以"捧着一颗心来，不带半根草去"的赤子之心，为人民的教育事业鞠躬尽瘁。

《为民主与和平拍案而起——民主斗士闻一多》

闻一多早年与梁实秋等人发起成立清华文学社。赴美留学期间由对祖国的深深眷恋而创作著名的《七子之歌》。后在西南联大任教8年，积极投身于抗日运动和争取民主的斗争，发表了著名的《最后一次讲演》。

《铁窗难锁钢铁心——革命先烈王若飞》

王若飞是我党早期杰出的无产阶级革命家。在艰苦卓绝的斗争中，他出生入死，屡建奇功，以超人的睿智和胆略，在敌人的监狱中，同敌人展开了殊死的较量，为抗战的胜利和新中国的诞生做出了卓越的贡献。

《横扫千军　还我河山——抗联名将李兆麟》

李兆麟是东北抗日联军创建人之一，他率领抗日联军历尽千难万险与日本侵略者浴血奋战，在极其艰苦的条件下，保存了抗日联军的有生力量，为东北光复做出了重大贡献。

《锄头开出新天地——解放区大生产运动》

为了解决困难，渡过难关，党中央号召党政军民齐动手，开展大生产运动。中国共产党在其控制区域内发动的一场军队屯田和鼓励生产的群众运动，达到了自己动手丰衣足食，共度难关，既进行革命又进行生产自足的目的。

《生的伟大　死的光荣——女英雄刘胡兰》

刘胡兰，坚贞不屈的少年女英雄。生前对我国劳动人民的解放事业无限忠诚，在敌人威胁面前，大义凛然，毫无惧色，英勇牺牲，表现了共产党员的高贵品质。

《饿死不领美国救济粮——爱国知识分子的楷模朱自清》

朱自清作为爱国知识分子的典型，以锐利的笔锋直言痛斥反动政府的暴行，体现了他崇高的爱国情怀和不畏恶势力的精神品格。毛泽东曾给朱自清先生以高度评价："一身重病，宁可饿死，不领美国的'救济粮'"，"表现了我们民族的英雄气概"。

《为了新中国前进——舍身炸碉堡的董存瑞》

伟大的英雄，中国人民的儿子董存瑞，从儿童团长成长为一名光荣的解放军战士，在1948年解放隆化县城时，舍身炸碉堡，为新中国献出了自己年轻的生命。他的英雄形象永远留在人民心里。

《宁死不屈的共产党员——革命烈士江竹筠》

江竹筠，就是著名的江姐。1947年春，她负责《挺进报》工作，只几个月的时间，报纸就发行到1600多份，引起了敌人的极大恐慌。由于叛徒出卖，江姐不幸被捕，惨遭毒刑的残酷折磨，仍坚贞不屈。最后被特务秘密枪杀，年仅29岁。

《抗美援朝　保家卫国——志愿军的战斗故事》

抗美援朝战争是中国人民志愿军为援助朝鲜人民、保卫祖国安全，与美国为首的"联合国军"发生的战争。在朝鲜牺牲的志愿军烈士们，他们英勇的战斗事迹、保家卫国的精神值得我们发扬光大。

《上甘岭上壮烈歌——黄继光和他的战友们》

在1952年10月的上甘岭战役中，黄继光和他的战友们在零号阵地半山腰被敌机枪火力点压制，此时，黄继光身上已经多处负伤，手雷也已全部用光。为了完成任务，减少战友的伤亡，他用自己的胸膛堵住正在扫射的敌机枪射孔，为反击部队扫清了前进的道路。

《诗书印画　全入神品——国画大师齐白石》

齐白石出身贫寒，做过农活，当过木匠，后改学雕花木工，从民间画工入手，摹古人真迹，学诗文书法，融汇古今，而诗、书、印、画俱佳；他将中国画的精神与时代的精神统一得完美无瑕，使中国画得到国际的重视，无愧于"国画大师"的称号。

《毕生为文化而奋斗——中国第一出版家张元济》

张元济参与、主持和督导商务印书馆近六十年，使其从简单的印刷企业转变为当时中国教育出版的旗帜。张元济一生爱书，在中华大地动荡不安的年代里，他用自己对文化的热爱，续存着中华民族灿烂悠久的文明之光。

《独树一帜　梨园大师——著名京剧表演艺术家梅兰芳》

梅兰芳，京剧大师，演唱风格独树一帜，世称"梅派"。曾先后赴日本、美国、苏联演出，并荣获美国波摩那学院和南加州大学的荣誉文学博士学位。作为一位爱国者，抗战期间蓄须明志，拒绝为日本人演出，为后世称颂。

《华侨旗帜　民族光辉——爱国侨领陈嘉庚》

陈嘉庚是著名的爱国华侨领袖、企业家、教育家、慈善家、社会活动家。他为辛亥革命、民族教育、抗日战争、解放战争、新中国的建设做出了卓越的贡献。生前被毛泽东誉为"华侨旗帜、民族光辉"。

《向雷锋同志学习——伟大的共产主义战士雷锋》

雷锋，一个平凡而伟大的共产主义战士，一心向着党，一生秉承着全心全意为人民服务、无私奉献的崇高思想；发扬刻苦学习和钻研理论的"钉子"精神；坚持勤俭节约、艰苦奋斗的优良作风。毛泽东为其题词："向雷锋同志学习。"

《人民的好公仆——县委书记的好榜样焦裕禄》

焦裕禄，被誉为县委书记的好榜样。他用自己的革命精神，展开了与大自然、与社会落后现象、与病魔的多重抗争，让我们领略到一

我自横刀向天笑
——维新志士谭嗣同

个共产党人的生之伟大、死之壮美的人格品质和具有现实教育意义的精神魅力。

《文学巨匠　京味大师——人民作家老舍》

老舍是我国现代小说家、文学家、戏剧家。他用融入骨髓的真诚文字反映生活的喜怒哀乐。老舍的一生，总是在忘我地工作，他是文艺界当之无愧的"劳动模范"，生前被北京市人民政府授予"人民艺术家"的称号。

《革命老人——无产阶级教育家徐特立》

徐特立是一代伟人毛泽东的老师。他出生在贫苦家庭，大部分时间生活在动荡艰苦的年代；他刻苦勤奋，不畏艰辛，追求光明，一生勤俭，为革命培养了大量的人才；他对党和人民任劳任怨，鞠躬尽瘁。他坎坷奋斗的一生，留下了许多可歌可泣的故事。

《人生能有几回搏——新中国第一个世界冠军容国团》

容国团先后担任中国乒乓球队运动员、女队主教练。获得1959年男子单打世界冠军；1961年夺得男子团体世界冠军；作为中国女队主教练，1965年率女队第一次夺得女子团体世界冠军。他的"人生能有几回搏"的豪言，举国传诵。

《石油工人一声吼　地球也要抖三抖——铁人王进喜》

王进喜，新中国第一批石油钻探工人。他为祖国石油工业的发展和社会主义建设立下了不朽的功勋，在创造了巨大物质财富的同时，还给我们留下了宝贵的精神财富——铁人精神。他被评为"百年中国十大人物"，写入中华民族的光辉史册。

《做人民需要我做的事——著名地质学家李四光》

李四光是一位伟大的科学家，他一生从事地质学研究工作，足迹遍布祖国的山川，为祖国探明了许多地下宝藏；他创建了崭新的学说——地质力学；他历尽重重困难，为正确认识地质构造开辟了一条新路。

《中国化学工业的先驱——著名化学家侯德榜》

为摆脱纯碱需要进口的窘况，20世纪初，怀着"实业救国"梦想的中国化工先驱侯德榜等人创办了永利碱厂，并立志生产出中国人自己的碱。1926年，永利碱厂终于成功地生产出"红三角"牌纯碱，从此中国制碱业得以跨入世界先进行列。

《毕生求是　一丝不苟——著名科学家竺可桢》

著名科学家竺可桢献身科学研究；治学严谨，一丝不苟；一生廉洁，两袖清风；作风民主，爱护学生。他以爱国之心、报国之志，从一个民主主义者逐渐成长为一个共产主义战士。

《热爱自然的大地之子——著名植物学家蔡希陶》

蔡希陶，五十载风雨，五十载坎坷，五十载奋斗，五十载开拓，为了发现对人类生产、生活有用的植物及新物种的引进而做出巨大贡献，在中国的植物资源学史上将永远镌刻着他的名字。

《高洁无私的襟怀——知识分子的楷模蒋筑英》

蒋筑英是中国当代知识分子的先锋典范，他不为名，不为利，尊重科学；他以坚忍的毅力和顽强的作风，在科学的道路上呕心沥血，鞠躬尽瘁，无私地奉献了青春和生命。

《迎接新生命的天使——卓越的妇产科专家林巧稚》

林巧稚是国内外享有盛誉的妇产科专家。在五十多年的医学教育和临床实践中，林巧稚亲自接生了五万多婴儿，治愈了数千病人，培养了数以百计的专门人才，为我国的妇女儿童事业做出了不可磨灭的贡献。

《独自成千古　悠然寄一丘——国画大师张大千》

张大千是20世纪中国画坛最具传奇色彩的国画大师，无论是绘画、书法、篆刻、诗词无所不通。在艺术界深得敬仰和追捧，艺术家们用真挚的感情，用绘画和雕塑展现了"张大千"多彩的艺术形象。

《建造中国的通天塔——著名数学家华罗庚》

中国当代著名数学家华罗庚，为中国数学的发展做出了无与伦比的贡献，他是中国解析数论、典型群、矩阵几何等多方面研究的创始人与开拓者，也是我国最早将数学理论研究与生产实践紧密结合的科学家。

《问鼎长天　强我国威——两弹元勋邓稼先》

邓稼先是我国著名科学家，参加组织和领导我国核武器的研究、设计工作，从对原子弹、氢弹原理的突破和试验成功及其武器化，到新的核武器的重大原理突破和研制试验，作出了重大贡献。是我国核武器理论研究工作的奠基者之一，被誉为"两弹元勋"。

《敢叫天堑变通途——桥梁专家茅以升》

中国著名的桥梁专家茅以升从小立志为祖国建造桥梁，经过不懈努力，他不仅设计建造了一座座宏伟壮观、坚固实用的道路桥梁，而且搭建了一座座友谊之桥，为祖国建设作出了卓越贡献。

《蘑菇云之梦——核物理学家钱三强》

被誉为"中国原子弹之父"的核物理学家钱三强，更名后立志于科技报国；24岁投师于世界著名核物理学家居里夫妇；与夫人何泽慧合作，发现铀的"三分裂""四分裂"现象；统领我国的原子大军，做了大量创造性工作。

《两离桑梓地　满怀雪域情——领导干部的楷模孔繁森》

孔繁森，是一位一尘不染、两袖清风的好干部。两次进藏工作，历时十载，为西藏的建设、发展和稳定作出了突出的贡献。1994年11月，孔繁森不幸以身殉职。人民群众称他为新时期领导干部的楷模。

《摘取数学皇冠上的明珠——著名数学家陈景润》

陈景润是享誉世界的数学家，为了证明"哥德巴赫猜想"，他以惊人的毅力在数学领域里艰苦跋涉，终于攻克了世界著名数学难题"哥德巴赫猜想"中的"$1+2$"，创造了中国乃至世界数学史上的辉煌。

《学术独步　饮誉四海——享有国际威望的科学家卢嘉锡》

卢嘉锡是一位在国际科学界享有崇高威望的物理化学家、化学教育家和科技组织领导者。1945年，卢嘉锡满怀"科学救国"的热忱回到祖国，对中国原子簇化学的发展起了重要推动作用，他所指导的新技术晶体材料科学研究，也取得了重大成绩。

《德艺双馨　梨园楷模——著名豫剧表演艺术家常香玉》

常香玉1941年赴陕甘演出。1948年在西安创办香玉剧社。1951年为支援抗美援朝，率剧社巡回西北、中南、华南各地演出，以演出收入捐献"香玉剧社号"战斗机一架，素有"爱国艺人"之誉。

《文学大师　激流勇进——著名作家巴金》

本书以巴金生平和主要事迹为线索，回顾和展示现代著名作家巴金的一生，以期让人们看到巴金在这风云变幻的100多年中，有过成功的欢欣，有过屈辱的磨难，有过痛苦的忏悔，有过平静的安宁。巴金的人生，映照着一代中国五四知识分子坎坷而不平凡的命运。

《壮心系科学　孜孜为国昌——理论化学家唐敖庆》

本书讲述了唐敖庆从出国求学、学业有成、回国任教，到服从安排、艰苦工作、刻苦钻研，最终成为中国量子化学奠基者的过程。让人们看到了这位著名化学家的赤心爱国、严谨治学、大公无私的崇高品格和科研上的卓越成就。

《中国导弹之父——著名科学家钱学森》

当第一颗原子弹升空的时候，当中国的人造卫星奏响《东方红》的时候，当中国运载火箭腾空而起的时候，当中国研制的导弹准确命中目标的时候，人们都会想起他的名字：中国导弹之父钱学森。

《中国近代力学的奠基人——著名科学家钱伟长》

钱伟长曾以中文和历史两个100分的成绩考入清华大学。九一八事变后，钱伟长毅然放弃了文科的学习而转为理科。他是中国近代力学、应用数学的奠基人之一，在固体力学、流体力学以及航空航天领域，取得了卓越的成就，为新中国的现代化建设付出了毕生的精力。

《中国光学科学的奠基人——著名科学家王大珩》

王大珩是我国著名的科学家，中国光学科学的奠基人。他先在清华就读，后赴英国求学，学业有成，立志科学救国，其成就享誉神州。他以科学的求是精神和赤诚的爱国情怀，探索着中国光学发展的闪光之路。